フィリピンと兵隊

目　次

【註】

本書には、今日からみると不適切と思われる表現が多々あるが、時代的な制約を勘案し、原作者の意思を尊重して原文のまま掲載した。

フィリピン全図

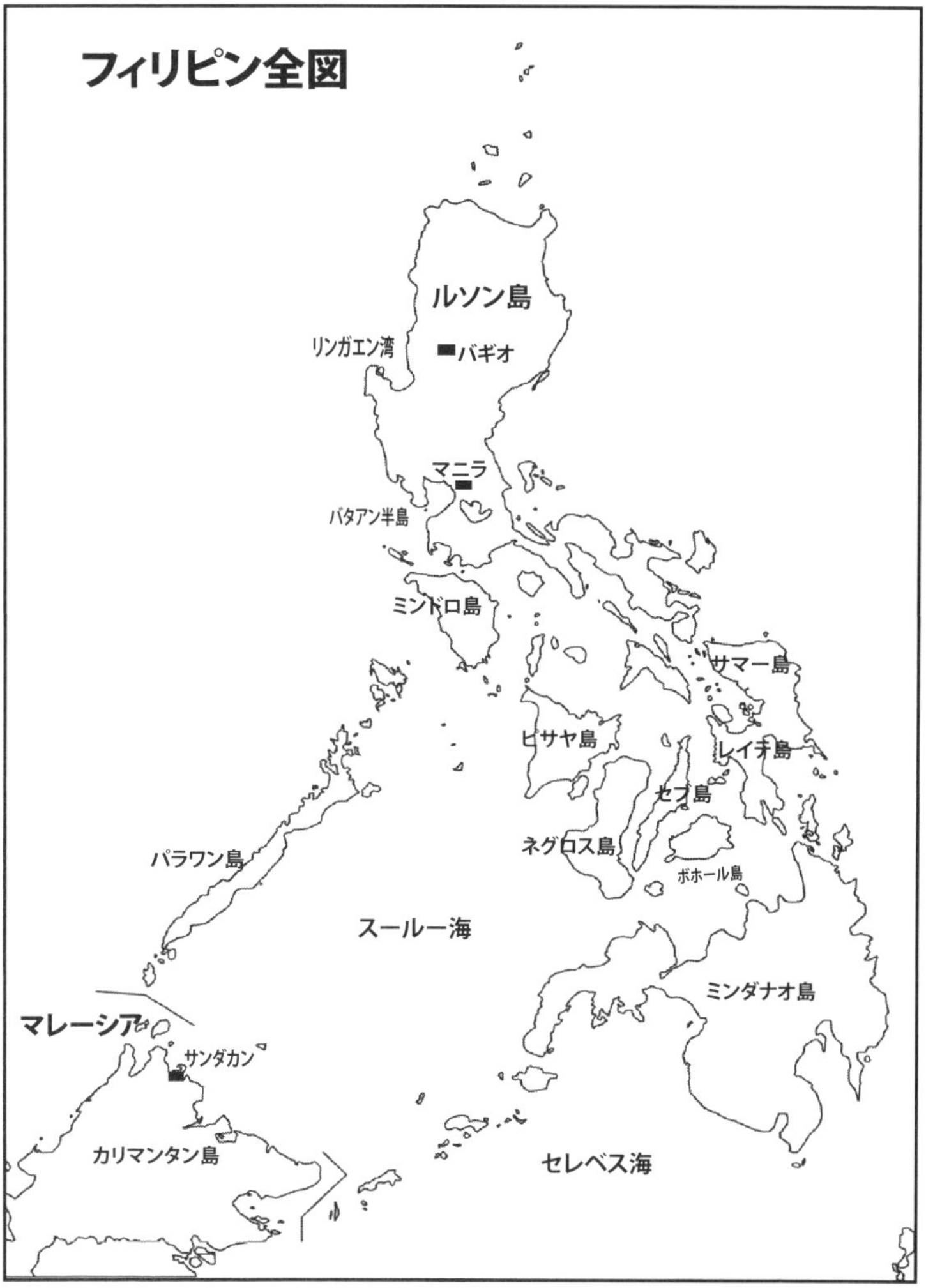

ルソン島
リンガエン湾
バギオ
マニラ
バタアン半島
ミンドロ島
サマー島
ビサヤ島
レイテ島
セブ島
ネグロス島
ボホール島
パラワン島
スールー海
ミンダナオ島
マレーシア
サンダカン
カリマンタン島
セレベス海

バタアン半島総攻撃従軍のために編成されたわれわれの報道班は、つぎの人々である。

小隊長、渡辺清二少尉、向井潤吉画伯、写真小柳次一君、熊井健夫君、新聞山口善男君、映画松尾君、電気岡部三郎君、通訳先原強祐君、壱岐秀徳軍曹、別府誠哉軍曹、岡健一兵長、堀田嘉市兵長、山之内三雄衛生兵長、板崎米一上等兵、池田八郎上等兵、松岡喜代次上等兵、佐々木秀雄一等兵、津森定一等兵、宮西一一等兵、比島兵トリガン、運転手、范君、林君、尤君、それに私である。

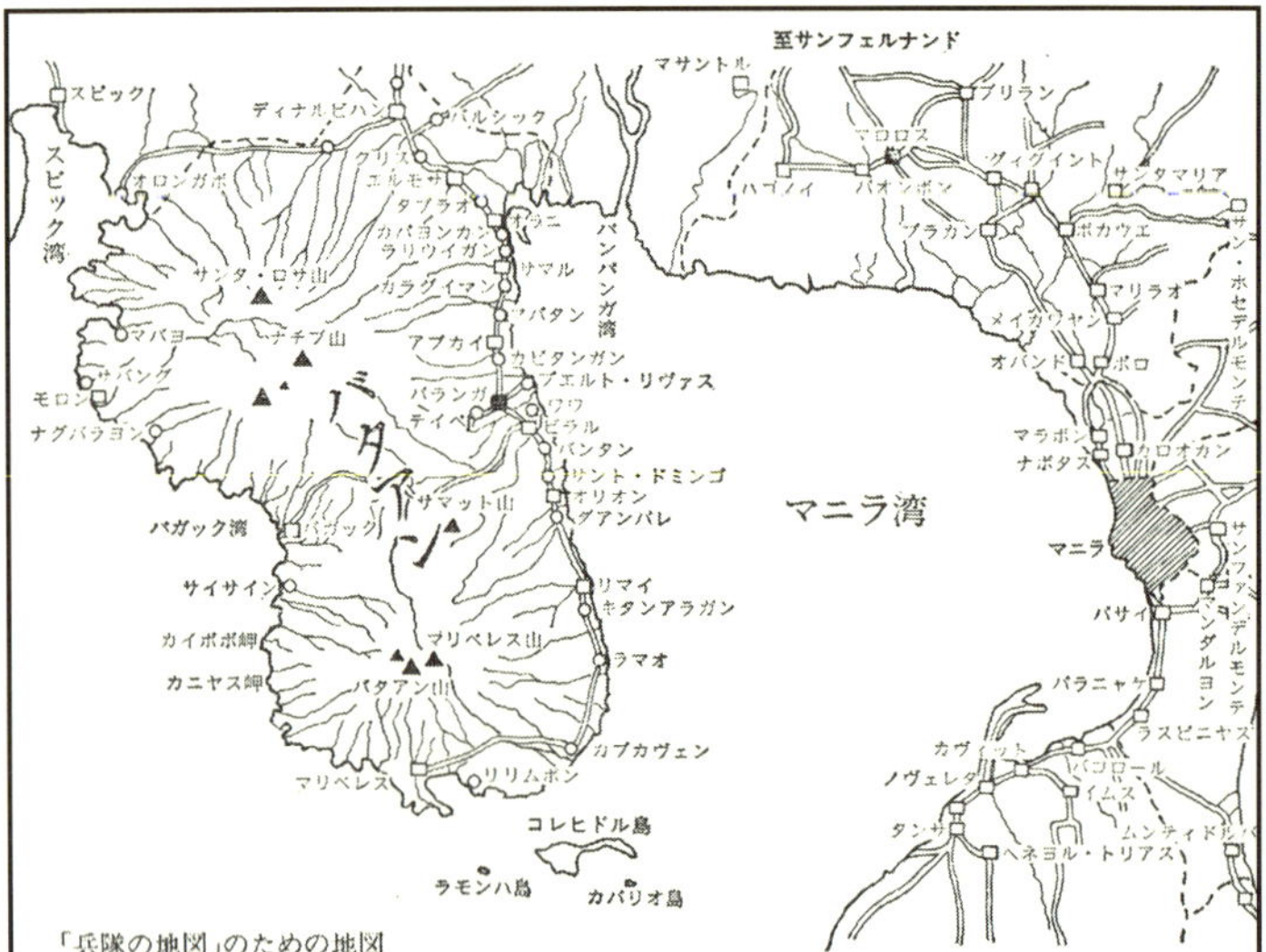

「兵隊の地図」のための地図

兵隊の地図──バタアン半島総攻撃従軍記

三月十四日（サンフェルナンド）

小隊の配属車は、乗用車一、トラック二、である。必要な器材をつみこみ、全員搭乗して、マニラの本部を出発し、サンフェルナンド市に着いたのは午前十一時であった。勝屋班長の車を先頭に、各隊のトラックを連ねた長い隊列。ゆくと、マニラや、沿道の住民たちがなにごとであろうかというように見た。沿道の田圃では復帰した農民たちが田畠を耕しているのが見られた。左手に、バタアン半島を遠望しつつ来たが、青ずんだ空気のなかにも連なりそびえている美しい山々を見ていると、そこに頑強な敵がいて、まもなく総攻撃がはじまることによって、決戦が行なわれ、惨烈な戦場となるというような感じが、ちょっと湧いて来ないのである。

武勇橋をわたった角の家の二階にて休憩。破壊されたひろい建物である。窓、扉などすべての硝子が割れているのは、敵が近くの武勇橋（これは架橋した工兵隊が名づけたもの）を爆破した際に、その震動で割れてしまったのだということである。すべて荒廃している中に、天井から吊るされた豪華な硝子のシャンデリアのみが、熱い風のふきこんでくるたびに、びらびら簪《かんざし》のように硝子の房をゆるがせている。この家の並びの一番端に、広壮な一軒の建物がある。現在、軍司令部になっているが、この建物は米西戦争のときにも。アギナルド将軍叛乱のときにも、やはり軍司令部の置かれたところであるということだ。休憩した家の前に、がらんどうの堂々たる白亜の教会堂がある。比島は住民の九割二分までが基督教徒《クリスチャン》であって、そのうちの九割がまたカトリックであるといわれているだけあって、どこに行っても教会堂だけは立派なものだ。マニラの町も寺院とＹＭＣＡばかりだ。日本の歴史に悲壮な一時期であった切支丹殉教の根源地はマニラであったので、三度も比島遠征が企てられたということもうなずかれる。安っぽい銀色の円塔《ドオム》の頂上に、風力計があって、風が吹くたびに、錆びた釣瓶《つるべ》を汲むようないやな音を立てる。結婚写真を大きく引き伸ばした額が壁にいくつも掛けてある。美術のないといわれる比島では、どこでも俗っぽい写真ばかりだ。炎熱の四辻には交通整理の兵隊が忙しい。日に焼けてまっ黒である。

前線まですぐ出るのか、ここにしばらくいるのかわからない。昼すぎになって、宿営ときまる。当分、報道班本部がサンフェルナンドに置かれることになった。ここにいて新しい状勢に即応しつつ対敵宣伝をやるという。企画班長望月少尉からきわめて簡単な戦況の説明。〇〇部隊に配属されている大塚隊からの報告。こちらが少しも動かないのに、敵線内で射撃が起こる。逃亡兵を射っているらしい。近頃は敵兵が斥候を志願しては投降してくるので、米兵が一人ずつつくようになった。米兵の逆宣伝によって、敵の比島兵は投降者や捕虜は殺されるものと信じている。新しい伝単の必要。尾崎さんと伝単の原稿を書いた。夕方になると涼しい風が吹いて来た。サンフェルナンドは特別に暑い町である。教会堂の庭のなかで兵站《へいたん》部の兵隊たちが笑い興じながらキャッチ・ボールをしていた。

夜、写真の小柳君が来て、兵站の兵隊さんがすこし野戦料理をして待っているから来てもらいたいといっている、と伝えた。どうしたのかと思って小柳君と二人で行ってみると、みんな○○の兵隊ばかりで、なつかしかったのでお呼びしたという。卵焼き、ハム、鰯の罐詰、それにサン・ミゲルの麦酒などをよばれた。こんな後方で通信事務ばかりとっていて残念でたまらん、と大いに髀肉《ひにく》の歎《たん》にたえぬようすであった。

三月十五日（バランタイ河畔）

午前八時半出発。勝屋班長、尾崎さん、向井画伯、寺下君、松内さん、渡辺少尉、小柳君など。バコロール、グアグア、ヘルモア、サマルをへて、廃墟となったマバタンの部落から、西の山に入る。ま正面にマリベレス山、サマット山が見える。この付近の部落は全部惨澹たる焼野原だ。ただ、どの部落にもある不似合なほどどりっぱな教会堂だけが敵の砲撃からまぬがれている。信仰ぶかい基督教徒である敵軍は、さすがに教会堂だけは照準しなかった。しかし、それも最初だけで、後には死にもの狂いになると。そういう容赦をしなくなった。道路の両側、あるいは田圃のなかなどにある密生した竹林の中央から上はほとんど折れて、地上に頭をつけて枯れている、マンゴの木やカポックなども大半枯れ、雷でも落ちたように裂けている。一本のマンゴの大木の幹に、一発の不発弾がつきささっていた。すべて砲弾のためにそうなったのである。田圃のなかにはいたるところに無数の砲弾孔がある。あるところは一発落ちた上にまた一発落ち、あるところは二つ仲よくならび、あるところは串団子のように連続してつらなっている。まるで砲弾の小紋ちらし模様である。バタアン半島は不思議に水の豊富なところで一尺掘れば水が出る。山が深く、樹木の豊富なせいであろうか。それらの砲弾孔にもすべていっぱい水がたまっている。古い穴ではもう水が青くなり、魚がいたり、あめんぼうが水面を走りまわったりしている。それらの砲弾孔にはまた水牛が一匹ずつ入りこんで、いかにも気持よさそうに眼を細め、小さい耳を動かしている。水牛の背中に白鷺のとまっているのもあった。主を失った多くの水牛たちは所在なげにその辺をうろつき廻り、ときどき地雷にふれて戦死をする。敵はこの付近のいたるところに地雷を敷設したのであるが、必要な個所は日本軍によってとりのぞかれ、残ったのに水牛がひっかかるのである。

むざんな竹林や無数の砲弾孔を見ると、いかに敵の砲撃がすさまじかったかが明瞭だ。兵隊はこっちから一発射つと二十発おかえしがきたといい、またそれはドラム罐のような砲弾であったといい、ある兵隊は敵が何発射つかと教えはじめ、四千三百何十発目かでわからなくなったという。バタアンは東西二十五キロ、南北五十キロ、マニラ湾に向かって南方から突出している半島である。ナチブ、マリベレスの二大山系を擁し、早くから要害の地とされていた。アギナルド将軍の叛乱軍はここにたてこもって、三年間持ちこたえたということである。マニラ湾をいだいているバタアン半島と、キャビテ軍港のある突端との間に、要塞コレヒドル島がある。この付近は長い間、米比軍の演習地であったので、日頃からあらゆる地点の距離が測定されていたために、砲撃もなかなか正確であったということだ。実弾射撃をするときでも、標的の戦車をつくり、索条をつけて動力で移動させながら、射撃演習をしていたということである。

空気が澄みきっているせいか、マリベレス山もサマット山も、指させば指の先にひっついて来そうに近い。マリベレス山は目たてのわるい鋸《のこぎり》のような起伏をみせて、傲然と東西に連なり、その前方に一段と濃く浮かび出ている。サマットの傾斜が東海岸へなだらかに流れる中央あたりに、ぽくりと瘤《こぶ》のようにふくれているのはオリオン山だ。榕樹《ガジュマル》、アカシア、芭蕉、マンゴ、ドリアン、などの木々が立ちならび、ところどころに真紅の花びらを点綴《てんてい》してボンガビリアや、仏桑華や、いかだかつらなどがある。いかだかつらの赤いのは花なのではなく、葉の紅くなったのが、遠くから見ると花のように見える。ボンガビリアは一年じゅう咲いているということだ。ぼつんと、とぼけたように枝を張り、細長い実をたらしている剽軽《ひょうきん》なカポックの木もある。これらのすべてが燃えるような陽炎のなかにゆらめき、深い青空には、ぎらぎらと眼にまぶしく銀色に光る白雲がながれ。このバタアン半島の戦場は男性的な美しさにあふれている。この豪宕《ごうとう》な景観を見ていると、この風景のなかに数万の敵がいて、日夜銃口をみがき、砲門を磨いているのだとはちょっと考えられないようにみえる。しかし、実際はこの風景は恐ろしく敵意に満ちているのである。

私たちが二台の自動車をつらねて、けわしい山道に入ってゆくと、轟然たる音響をたてて、砲弾が落下してきた。この道をしきりにトラックが往来する。凹凸のはげしく、くねくねと曲がった新しく作られた山道だ。ところどころにA道B道という標識がしてある。道は灰のようなので、自動車は濛々《もうもう》と黄煙をまきあげる。この煙が前方の敵陣地からまる見えなので、走る速度が限定されているのではあるが、歩いて行っても前後の見えぬくらい埃がたつのであるから、どうにもしかたがない。道路は死角にあるけれども、敵はこの黄煙を目がけて砲弾を射ってくるのだ。

あちらこちらで、兵隊が演習をしていた。鉄兜に草で偽装したり、身体に芭蕉の葉をくっつけたりして、焼けつく太陽の下で、汗と埃とにまみれて飛びまわっている。こちらにいる兵隊が小さい三角の青旗をふる。すると、ドラム罐にまたがった兵隊が棒片でドラム罐を乱打する。機関銃のもりらしい。力をこめて、がん、がんと間をおいて叩くのは砲弾の所作だ。やがて、わあと喊声《かんせい》をあげて突撃をする。終わると汗をふきながらにこにこと笑っている。私は通りすがりにこれを見て、異様な感動を受けた。ここはすぐ前に敵のいる第一線である。そうしてこれらの兵隊たちは新兵なのではけっしてない。ここに来るまで長い間支那の戦線を馳駆《ちく》してきた。また、新しいフィリピンの戦線でも、リンガエン湾から上陸してきて、このバタアンの戦場で、果敢なる戦闘をつづけてきた兵隊たちなのだ。ナチブ連山の攻略戦がいかに悽烈なものであったか、その砲弾孔を見ただけでも想像がつくが、くわしく話を聞かされた時には、私はしばらくものもいえないくらいであった。部隊のなめた辛酸は筆にも口にもつくし難い。敵はそうとうにやっつけたが、こちらからも多くの犠牲者をだした。ここで今のんきたらしく演習をしている兵隊たちはそれらのたびたびの死闘をへてきた兵隊たちなのだ。そうして彼らはつぎの総攻撃をしずかに待っている。空とぼけているだけに、それは野放図に近いたくましさに思われる。兵隊の戦場ははてしもなくつづいている。かぎりないものは兵隊の勇気である。その辺りを巻脚絆を解いて兵隊たちが、飯盒をぶら下げてのんきそうに談笑しながら歩き廻っているのもあった。私はこれらの兵隊たちの顔をつくづくと眺めずにはいられなかった。

途中、点々と、敵の鉄兜や、小銃、弾薬、軍服などが打ち棄てられて、埃をかぶっていた。道端に、すでに白骨となったひとつの遺棄屍体があった。骸骨になった頭に斜めに鉄兜がのり、骨の足に、まだ真新しい編あげの靴をはいていた。自動車が通れなくなったので、降りて歩いて行った。深い森林である。坂の多い狭い山径を行くと、透きとおる清流がさわやかな音をたてて流れている渓谷に出た。バランタイ河である。底に飯粒が沈んでいるのは、兵隊がこの水で炊爨《すいさん》をするからであろう。見あげるばかり高く伸びた繁茂した樹々。しきりに蟬《せみ》が鳴いているが、これは蟬時雨どころではなく、鳴いているというよりも全山がわめいているように、はげしく耳をさす。いろいろな小鳥の啼《な》き声。仏法僧のような声、北面した山の急斜面に、木や竹を組み合わせ、石を築き、土嚢をならべて、いくつも小屋がある。まるで山賊の山塞《さんさい》だな、と尾崎さんと笑った。山塞のなかで、兵隊たちが寝ころんだり、飯を食ったり、即製の紙将棋をさしたり、歌をうたったり腕角力をしたり、ぽかんとしてなにか考えるようなようすをしていたりしている。各所に同様な小屋の事務室があって書類を積み重ね、忙しそうに事務をとっている。砲弾がときどき落下し、深い谷間になん度も谺《こだま》し、全山が鳴りひびいた。馴れているのか、いくら砲弾がきても、兵隊たちはいっこう平気なものだ。

部隊長は不在であったので、しばらく待った。演習を指導に行かれたということである。三十分ほど待つうちに、帰ってこられた。部隊長の部屋は斜面にこしらえられた穴倉だ。小さくバランタイ荘と書いてある。やがて、お目にかかって、勝屋班長から、皆紹介された。御挨拶をしたあとお話を聞いた。丁重なもの柔らかな将軍である。これまでの戦闘の苦労と苦衷とを考えると、私は部隊長の顔を見ただけで、頭の下がる思いがあった。――部下はじつによくやってくれた。このナチブの陣地をとるまでの兵隊の苦労は、まことに涙ぐましいものがあった。敵に包囲されて何日も食べずに頑張ったようなことはたびたびだった。本部と連絡がきれ、食糧を飛行機で投下してもらっても、敵の方に落ちたようなこともあった。何日目かに九十九人分受けとったという無電が入ったときには、涙がでた。無電も、こういう深山幽谷になるとなかなかうまくゆかぬらしい。敵はまあ大体弱いが、なかにはそうとうにしっかりした考えを持ったものもある。戦死者の日記などをしらべてみると、抗戦意識がなかなか強く、馬鹿にはならない。数日前、前面の敵の警戒陣地を突破して、すこし前に出た。第一線の近いところは百五十米もない。密林《ジャングル》なので捜索もなかなか困難だが、第一線の斥候は勇敢で的確に情報をもたらしてくる。まだ前に出ず、敵線とそうとうの距離のあったときには、投降兵もちょいちょいあったが、今のようにあまり接近すると敵も投降がしにくいらしい。投降兵はいずれも、伝単を持ってくる。敵は弾丸はいやというほどあるらしく、夜も昼も滅茶苦茶に射撃をしてくる。ひとつは接近されるのが怖いらしい。そういうような話を部隊長は地図を指し示しながらして下さった。あとで、火野君は宜昌に来たんだね、あのとき、自分も攻略部隊で山の中にいたんだよ、といわれた。当時の思い出話などをし、お暇をした。

ここには柴田賢次郎君のいる大塚小隊がいるのであるが、砲兵陣地に行ったとかで留守であった。帰る道は東に向かって降りるので、ま正面にマニラ湾を望むことができる。湾内は湖のように静かで、対岸はかすみ、見えるはずのマニラの町も煙のなかに消えている。砲弾が自動車の周囲に落下しはじめた。運転手はびっくりしたらしい。すさまじい音をたててすぐ間近に落ち、自動車がはねあがった。サマルで遅くなった昼食をし、サンフェルナンドへ帰った。

夜は蚊に攻められて、ほとんど眠れなかった。蚊帳がないので食われ放題である。

三月十六日（サンフェルナンド）

捕虜が表を掃いている。日本の兵隊が先頭に立ち、五、六人の捕虜を引き具してくる。捕虜は鉄砲のように箒《ほうき》を肩にかつぎ、いかにも大儀そうに歩いている。みんな比島兵だが、中に一人、髯面のアメリカ兵がいる。この男はすこぶるのんき者でいつも冗談口ばかりたたいているということだ。ジョセフ・コンドラシウイグといい、十四年も軍隊にいたくせにまだ二等兵で、これには比島兵でさえあきれているらしい。彼とていったんは伍長まで進級したこともあるのだが、酒をのんではバーであばれ、かたはしから器物を破壊する癖があるので、二等兵に下げられたというのである。髯面をぼりぼりかき、仏頂面で口笛を鳴らしながら、めんどうくさそうに道路を掃く。

ジョセフの陳述によると、米兵の給料はつぎの通りである。

三等兵　二一弗
二等兵　三〇弗
一等兵　三六弗
伍　長　五四弗
軍　曹　六〇弗
曹　長　七二弗
一等軍曹　九六弗
二等軍曹　一一二弗
大　尉　一五四弗　その他

これにくらべて比島兵は同階級でもずっと待遇が悪いらしい。比島兵の兵卒は十四ペソで、伍長になっても二十二ペソという。裏手に捕虜収容所があって、十九名の捕虜がいる。中にはホセ・ニェベェラという、マニラにあるサント・トマス大学出身の医学博士もいる。彼は強制徴用をされ、軍医中尉で、百二十ペソを貰っていたらしく、負傷兵を後方に托送し、前線へ帰るために自動車のところに来たときに、日本兵に発見された。軽機関銃で射たれ、運転手は即死し、彼は自動車の中にひそんでいたところを捕えられた。彼はマニラに家があり、恋女房と、五つと三つとになる二人の子供がある。彼をマニラにつれてかえり、家族に対面させたところが、喜びのあまり、狂気のごとく夫婦は抱きあって接吻をし、子供たちに頬ずりをしたという。家族は日本軍は神様だといって、連れて行った兵隊をむりやりに引きとめ、山海の珍味をこしらえて御馳走したということである。ホセだけではなく、宣撫《せんぶ》工作のため、マニラに家を持っている捕虜たちはみんな家族に会わせてやったのである。伝単の原稿などを書いた。

三月十七日（サマル）

玄関のところにあざやかな夾竹桃《きょうちくとう》が咲いている。夾竹桃の花を見ると、どうも死んだ妹のことをすぐ思いだしていけない。それは八月であったが、いまごろこの花が咲くとはさすがに南国である。鉄兜にまつわりつくようにしてサンパ・ギタの清楚な白い花が咲いている。これはフィリピンの国花といわれていて、サンパ・ギタというのは約束をするという意味で、もの哀れな恋物語がこの白い花の由来をなしているということだ。艶冶な真紅のボンガビリアとよい対照である。

パンパンガ州治安維持会の前に、四、五十人の比島人がかたまっている。使役にやとったもので、顔役らしいのが名簿を読みあげて人員の点呼をしている。彼らはみんな色がくろいが、いずれも洗濯したての折り目正しい服を着、模様つきの派手なみがきたてた靴をはいている。彼らの上衣は青や桃色や、はなはだしいのはまっ赤で、中には赤緑の草花模様のある女の着るようなのを着ているのもある。比島人のおしゃれにはおそれいる。カルマタ（二輪馬車）の馭者などが、頭をてかてかと油でなでつけ、桃色の上衣に水色のズボンという伊達な身なりをしているのを見ることは珍しくない。日本では女の子しか着ないような赤い着物を、男や老婆などが着る。色彩の調和とか配合というようなことは念頭にないらしく、南国の気候のせいかなにか知らないが、その風俗は、われわれにはどうも諒解しにくい。一人の上等兵がやって来て、二列に並ばせたり、三列にしたりしているが、言葉がわからないらしく、はがゆそうに、苦力四十三名、と上官に報告したあとで、儞来々《ニーライライ》といって、ぞろぞろと教会堂の方へ連れて行った。

十時出発。サマル着。当分、ここを渡辺隊の本拠とする。大半は廃墟となっているが、ここに若干のニッパ・ハウスが残っている。家はすべて六、七尺支柱のうえに建っていて、その二階のようになったところに住んでいるのだ。屋根はニッパの葉、床は竹張りで、風の通るように間がすこしずつすかしてある。地熱のためにこういう家の建てかたをしなければしのげないのであろう。周囲はほとんど明けっぱなしのように窓ばかりなので、暑いけれども風はよく入る。一軒と一軒との間も寛濶にとってある。トタン屋根の家も多い。かえって暑いであろうが、アメリカ人の真似をしたということだ。マニラ市ですら高いところから展望すると、トタン屋根が多く、興をそぐことおびただしい。ともかく、同じような家が、ならんでいるばかりで、まったく変化にとぼしい。日本の農家などでも、粗末は粗末なりに、いろいろ工夫があるが、そういうものも感じられない。一年中、変化のない気候がフィリピン人の思考のうえに与えている影響はさまざまの部面を見ていると、おおいがたいものがあるようだ。芭蕉、檳榔樹《びんろうじゅ》、アカシア、たまりんどう、カポック、鳳凰樹《ほうおうじゅ》、ボンガビリアなどの樹々が豊富に家のまわりをとりかこんでいるのは元気がよい。檳榔樹にはいくつも柿色の実が、彦山《ひこさん》がらがらの鈴のようにぶら下がっている。前線では砲声がしきりである。

網を下げた裸の兵隊がぶらぶらと家の前を通る。あまり遠くない海辺に魚とりに行ったらしい。サマルには軍通信隊が宿営している。そこの兵隊であろう。兵隊たちの顔や身体はぎらぎらと赤銅色に焦げて光っている。

「ようい、獲れたか」

と、待ちかねたように、向こうの窓から戦友がどなる。

「獲れた、獲れた。こんまいのんがいっぱい獲れたど。満潮で蟹《かに》がようけ這いよるんじゃ。見えとるけんど、なかなか手に負えんわい。明日、さす叉こさえて行って、突いてやらにゃ」

そんな話をしながら、われわれの家の前を通りすぎた。

家の壁にいくつか額があるが、いずれも写真だ。ここの家の家族たちであろう。住民はどこに逃げたのか一人もいない。捕虜の話によると、この付近の多くの住民は戦火に追われて、バタアン半島の奥地へ逃げこみ、米比軍の戦線のなかにいるであろうということだ。竹張りのうえにじかに寝て、暫時、午睡。マニラではどんな勤め人でも、朝はおそく、昼は二時間、午睡の時間をとっているということだ。この暑さではそうでもしなければ身体がつづかないかもしれない。その習慣はマニラだけではあるまい。

斥候に出て行った別府軍曹が帰ってきた。膃肭獣《おっとせい》のように巨軀を横たえて昼寝している渡辺少尉を起こす。バランガにいる◯◯部隊の最前線まで行ったらしい。敵前五百米ぐらい。昨夜、敵は五回も夜襲してきた。砲撃は聞こえていたが、◯◯部隊の正面ではなかった。海岸に近いところは湿地帯多く戦闘も困難であろう。風船で伝単を敵線へ撒布するため、風向をしらべてきたが、最前線までゆくと少し風向が変わり、東北風なので適当でないと思われる。地図をひろげて、そういう報告。よくそこまで行ったな、よし、ありがとう、と渡辺少尉はいった。

夕方、付近を散歩した。この付近ははげしい戦闘の行なわれたところである。砲弾で破壊されている教会堂。焼野原のまんなかに、どこの部落にもかならずあるホセ・リサールの白い像が、所在なげに立っている。大木はほとんど枯れ、残った茂みのなかで、姿は見えないが、土鳩がくうくうと鳴いている。まだ煙のくすぶっているなかを小豚が三匹、鼻をぴくぴくさせて餌をさがしながら忙しげにうろついている。足音をきいて逃げた。その速いのにおどろいた。頭に白雲をかぶったナチブ連山が日本画の墨絵のように美しい。水牛の群れや野犬がうろついている。春雨のような細い雨が降りだした。前線では相かわらず緩慢な砲声がしている。帰ろうと思って踵をかえすと、後ろの方でなにか大きなひびきを立てて炸裂する音がした。ふりかえると水牛の群れが右往左往に走りまわり、その中央あたりに土煙がたっている。また地雷にひっかかったなと思っていると、また、一発炸烈した。気がつくと部落の出はずれのところで兵隊が演習をしていて、水牛を標的に擲弾筒《てきだんとう》を発射しているのであった。水牛こそよい面の皮である。何発か射ちこんだが、なかなか水牛はころばない。あたったら御馳走にする魂胆らしい。やがて水牛の群れが、擲弾筒を射っている兵隊たちの方に走り寄ってきたので、兵隊たちは、わあ無茶すなといって、笑いながら逃げだした。
四、五軒はなれた軍通の本部に話しに行った。笠井中尉、押目少尉、岡田少尉。今日、加給品の麦酒《ビール》がわたったとてよばれる。サヤという蟬の羽のような薄物を着て盛装した老婆の写真の大額。ここは靴屋だったらしく、先日、親爺が帰ってきたが、家の壊れていないのを見て安心し、お使い下さってけっこうですといって、またどこともなく立ち去った、ということである。笠井中尉は絵の心得があるらしく、バギオ、オロンガポ、タルラック、サマルなどを水彩で描いた画帳を見せてくれた。軍通信部隊の苦心談を聞く。もっとも地味な仕事でありながら、もっとも必要な仕事である通信隊の苦労は、私もたびたび目撃している。全フィリピンを引き受けているという軍通信仰部隊の苦心談はたいへんであろうと思われた。辞去。
夜になると、電燈がないのでまっ暗だ。螢がたくさん飛んでいる。窓がひろいのでときどき家のなかに迷いこんでくる。敵陣地のまうえ高くかがやく南十字星。ひろい蚊帳を吊って寝た。日暮れごろから風が死に、暑い。やもりの声。遠くで野犬がいやな声で遠吠えをし、いつまでもやめない。赤ん坊の泣き声のようにも聞こえる。

三月十八日（サマル）
風船の実験にでかけた。壱岐軍曹、山之内兵長、宮西一等兵、山口君、小柳君の同勢である。アカシアの木蔭に入れてあるトラックに水素管が積んである。二つの風船を出して水素をつめた。蛸《たこ》の頭のような紙風船がだんだんふくれてきた。浮いている大きな風船の糸をにぎってゆくと、日傘のかわりになる。ふらりふらりと風船をゆるがせてゆくと、途中の兵隊が不思議そうに、そら何ですかときく。本道に出て扶桑橋のところに行った。溝を越えて左側の田圃に入り、まず第一の風船を放った。風船の下には伝単を千枚ほどぶら下げたのである。索条に火をつけて離すと、風船はすうと青空の中に吸いこまれてゆき、みるみる小さくなった。時計を見ていると、二分十五秒、貝殻のように小さくなった風船の下部でぱっと青い煙が立ち、伝単をくくりつけた紐が落ちて来、五百米くらい高さのところで、ぽっと伝単が散った。きらきらと銀の粉のように光りながら、だんだんひろがって落ちていった。調子はよいけれども、風向が敵陣とはまったく反対なので、伝単はみんな後方の陣地の方に落ちてゆく。英語とタガログ語で書かれたものだが、無駄な抗戦をやめて投降せよ、とか。銃を棄てて早く故郷へ帰れ、などということの書かれた伝単が、日本の兵隊のうえに落ちてゆくのである。今度はもう一つのに、タガログ語の新聞をつけて放った。同じような具合であった。すぐ眼の前にサマット山が見えるので、敵の奴、なんじゃろかとびっくりしとるじゃろうと笑った。

　ひっきりなしに砲声がし、サマットとナチブとの中間地区に黄色い土煙があがる。だああんと、弾着音がひびいてくる。山腹に黄煙が走ってゆくのは、山道を自動車が走っているのであろう。砲弾はつぎつぎに落下して土煙をあげる。前方の部落にもしきりに砲弾が落ちる。空を飛ぶしゅるしゅるという音。サマットの前方で火災を起こしたらしく黒煙があがりはじめた。これらがゆらめく陽炎のなかにながめられる。この付近の田圃に密集して無数の砲弾孔がある。田圃の畦から畦に、まっすぐにいくつも足あとが残っている。それは兵隊たちが砲弾の下を突撃して行ったあとにちがいない。砲弾孔の池に数十匹のあめんぼうが水面を走りまわっている。例のごとく、水牛の浸っているのもある。われわれの足音をきいて爪の赤い蟹が急いで砲弾孔のなかにもぐってしまった。本道上をしきりにトラックが往来する。砲兵部隊が爽快な蹄の音を立て、舗装道路のうえにからからと砲車のひびきを立てて前線へ出てゆく。

兵隊たちは魚とりをはじめた。壱岐軍曹、宮西一等兵、山之内兵長、それに山口君まで加わって、まっ裸になり、にごった川のなかに入った。破れ蚊帳を二人でひろげて水中に入れ、鼻の頭がつかるくらい深く身体をしずめて、両方から岸まで追ってゆくのだ。あげると二寸たらずの小魚が何百となく入っていて、ぴちぴちと跳ねる。あいた、褌のなかに入りやがった、と、宮西一等兵が股倉に手をさしこんでつかみだした。今度は、壱岐軍曹が、くそ、口のなかに入りやがったと、小さい魚をはきだした。砲声はなおしきりである。兵隊たちは泥だらけになって魚すくいに熱中している。

「今日は要するに魚をとり。明日は要するに死ねばええんじゃ」

と壱岐軍曹がいった。もっと向こうに行こうといって、川伝いに海の見える近くまで行った。一尺に近い大きいのがつぎつぎに蚊帳に入りはじめると、大漁大漁と兵隊は大喜びだ。前にとった小さいのはみんな棄ててしまった。私はかつて杭州の戦線にあるとき、白い李花のさく西湖に糸を浮かべ、第一線ではげしくつづいているにぶい銃砲声を耳にして、不思議な感動をおぼえ、おかしなことにふいに涙のながれてきた経験がある。明日は死ぬときめている兵隊たちの、今日のこの無邪気で濶達な姿を見ていると、私は杭州でのことを思いだし、そのときと同じような思いが胸に迫ってくるのを感じる。

軍通の池田伍長が紅茶をつくって持って来てくれた。まっ白な砂糖を罐にいっぱい入れている。もうこんな紅茶は日本ではのめんなといいながら、何杯もおかわりをした。今日、砲弾のために切断された電線の補修に行って電柱にのぼっていたところが、頭のうえを砲弾がしゅうしゅう通るので、仕事を終えると大急ぎで帰ったですよ、砲弾はいやですな、と池田伍長は笑った。総攻撃も近いようですねといいながら帰った。夕食には久しぶりで焼き魚が数匹ずつつけられた。明りのないまっ暗な夜。星よりもあかるく飛ぶ螢。野犬の声。雨の音のように鳴る芭蕉。

三月十九日（バランガ）

バランガに行く途中、頭上をかすめる砲弾の音を聞きながら、ふと、クライスラーの「塹壕の中の四週間」を思いだした。あのなかに、クライスラーが、従軍中ただ一度だけ、自分の音楽家としての才能を発揮することができたという一つの記述がある。日夜、敵軍から砲弾が飛んでくる。応撃しようにも、敵砲兵陣地の位置が明瞭でない。クライスラーは数度砲弾の下に出た。発射音、空間を飛ぶ音、弾着音、大砲の種類によって異なる音、そういうさまざまの音を、彼は長年音楽によって鍛練された耳によって聞きわけ、抛物線を描く弾道の中間を知ることができて、敵砲兵陣地の位置をほとんど正確に察知したというのである。それは感動に値する話である。

自動車はマバタン、アブカイの廃墟をぬけて、間もなく、バランガの町に着いた。途中にはだれもいない。マバタンも、アブカイも、焼野原だが、例によって、教会堂とリサールの像だけが残っている。途中の道はサマットに向かって直接進むうえに、視界をさえぎるものもなく、敵陣地からまる見えだ。サマット山の頂上に、簪《かんざし》をさしたように、二本の独立樹がある。その樹に展望哨があるか、あるいはその付近に砲兵の観測所があるに違いないと想像された。私たちは砲弾のお見舞いを受けることを覚悟していたが、どういうものか、敵は射ってこなかった。自動車の一台くらい、しかたがないと思ったのかもしれない。

バランガはかなり大きな町であったのであるが、砲弾のために見るかげもない。家らしい家は、一軒も見あたらない。一軒の屋根のない煉瓦壁の建物のなかに、兵隊がたくさん入っていた。兵隊たちの軍服はまっ黒に汚れて切れ、巻脚絆も帽子もぼろぼろである。兵隊たちのぎょろぎょろした眼の色には、一種の鬼気のようなものが感じられる。ぐったりと多くの兵隊が寝ころんでいた。その家が松永部隊本部らしかった。

この部隊は東海岸地区を担当している友軍の最左翼隊である。入ると三田中尉が腰かけて食事をしていた。柳行李の弁当箱にぼろぼろになった飯と、梅干がひとつ入っていた。敵はなかなか頑強で、生意気に五十米くらい近くまで夜襲をしてくることがある。突っこんでは来ないが、弾丸をのべつ幕なしに射つ。この部落にも砲弾を射ちこんでくる。そんな話。第一線陣地の位置を聞いて、そこを出た。途中、敵に露出している場所があるから、じゅうぶん気をつけて行くようにと、後ろから三田中尉がいった。

壁とトタンばかり残っている焼跡を通ると、むっと熱気が顔をさす。まだ燻《くすぶ》っているところもあった。ニッパの家は焼けると一物ものこらず灰になるが、屋根のトタン葺であるのは、トタン屋根だけが、赤黒く焼けて地面に伏せて残っている。がらんどうに屋根の落ちた教会堂。残っている壁には無数の弾痕。公園らしいもののあとに、仏桑華の赤い花をつけたアーチがある。反りくりかえった一枚のトタン屋根の下から、ひどく痩せこけた黒猫が一匹出てきて。われわれを見てみゃあと一声なき、水道わきに行って、水をなめはじめた。水の豊富なところで、いたるところから水が出ばなしに流れ出ている。先日、偵察にきた別府軍曹が案内にたった。銃を持っているのは板崎上等兵だけである。バランガ河にそって、両方が密集した並木になった間の道を行った。白い布でところどころに標識をした黄色い電話線が架設してある。道の上のこんもりしたところを踏むな、地雷があると、先頭の別府軍曹がいった。サマット山はすぐ眼の前にせまっている。誰も通らない道を三キロばかり行くと、清流があって、兵隊たちが丸太の橋をかけていた。すみきった水がそうとうの速さで流れている。汗だくだくになったので、顔を洗った。橋を渡って土手を上がると、壕のなかに歩哨が立っていた。深い森林のなかである。ここへくると、前方はまったく見えない。そこが最前線で、ここから先は友軍は出ていないのだ。

中隊長はどこか、と歩哨に聞いた。指さされた方にゆくと、数名の兵隊がいて、その中に、蓬髪垢面《ほうはつこうめん》の褌《ふんどし》ひとつの将校がいた。渡辺中隊長であった。右腕に弾丸創らしく、繃帯をしている。やあ、こんなかっこうでどうも、といって、兵隊に軍服を持って来させて着た。最前線で裸になる余裕のあるのを、ちょっと異様に感じたが、対陣の状態が密林のなかなので、そういうゆとりもあるのだろうと思った。渡辺隊長は先に立って、展望哨のところへ案内してくれた。大きなドリアンの木に竹梯子がかけてある。渡辺隊長のあとから、渡辺少尉と二人で登った。急に視界がひらけ、ドリアンの大きな葉の間から、前方がよく見えた。木の股のわかれた狭いところに、板で床がこしらえてあって、鉄兜をかぶった兵隊が二人、前方を監視していた。二人とも兵隊はぼろぼろの服を着、色はまっ黒であるが、顔も手も一面に傷だらけである。蚊や蟻や、その他のいろいろな虫に食われたあとにちがいない。密林のなかの戦闘でできたと思われる、かすり傷も各所にあった。苦労を重ねてきた辛酸のあとが、その身体のいたるところに、歴然とあらわれていた。梢には疣々《いぼいぼ》のある大きなドリアンの実がいくつもなっている。われわれが登ってゆくと、望遠鏡を持っていた一人の兵隊が、中隊長殿、ポサのところから、敵が五、六名出て来ました、といった。

「そうか、ようく監視しておれ。昨日のように、左の密林の方に来よりゃせんか」

「はあ、そのようであります。敵は十名くらいになりました」

「よし、お前はすぐ高田軍曹に、分隊を指揮して密林の出口の抵抗線につくようにいえ。皆にも警戒するように、それから、川で橋をかけているところに行って、あんまり大きな音をたてるなといってこい。敵の斥候かもしれん」

「はい、高田軍曹に分隊を指揮して密林の出口の抵抗線につくように、皆にも警戒するように伝えます」

「よし」

一人の兵隊はすでに梯子を降りた。まもなく、命令されたとおり、軽機関銃を持った一個分隊が密林の道に入って見えなくなり、軍靴の音だけが遠ざかっていった。

望遠鏡をのぞいて見ると、敵兵が十人ばかり、前方右の堆土のなかから出て来て、道路のうえをぶらぶらと左に行くのがはっきりわかる。ここから七百米はないであろう。だらしなく鉄砲をかついでいる者、ぶら下げている者、なにも持っていない者、裸の者、青や黄色のズボン、そういうまちまちのかっこうの兵隊が、急ぐでもなく、すこしも警戒しているようすもなく、ぶらりぶらりと歩いてゆく。できのわるい硝子を通して見るように、すべてが陽炎のなかにゆらめいている。サマット山脚は林におおわれているが、露呈した場所に、鉄条網の張ってあるのが見える。並木のある道路が、バランガ、バガックをつなぐ幹線道路であろう。三角屋根の家が一軒あって、その下にトラックが一台来て止まった。どちらも密林におおわれている両軍の陣地の間は、田圃の開濶地になっている。点々と黄色くきび畑がある。

渡辺隊長は地図をひらきながら、

「あの敵のいる道路まで一キロくらいでしょう。この前に籾の積んだ稲尺《とうしゃく》がありますが、あの付近が敵の第一線陣地で、サマットの中腹に若干の清掃地帯の見えるのが、おおむね、第二線陣地のようです。彼らは、食糧にはまったく困っているようすで、後方から補給がないので、現地徴弁をやっているらしいが、それももうあるものはみんな食いつくして困っているらしい。前方の籾山の籾をちぎって食べているのがわかります。それももう残り少なのようです。この間も突撃してみたら、炊爨《すいさん》したあとがあって、水牛の肉や臓綿《はらわた》などが煮てありました。食糧欠乏にひきかえて、弾丸は無尽蔵のようで、効果のない弾丸を無暗やたらに射ちます。こっちがいようがいまいが、おかまいなしで、近接されるのがこわいのですな、しかし、不思議なことに。一昨日からちっとも射ってこなくなったので、どうもおかしいと思っているのですよ。もしかしたら、兵力をサマットの方へ集結しているか、移動しているか交替をしているか、そういう風に判断されます。それまでの射ってきかたは無茶だったです。ときどき、前方でものを焼く煙が見えるのは、視界を広濶にするために、甘庶畑を焼いているのです。この前の道路が、この地図にあらわれている道ですが、サマット中腹の陣地内に道路を作っているかどうか、気をつけていますがわかりません。また、敵はこの展望哨を発見していないようです。見つけられたらいっぺんですよ。ここはむろん、敵の射程内にあります。アボアボの方でさかんに銃声がしていますな。砲弾も射っていますな。あちらはまた、特別猛烈のようです。しかし、いずれにしろ、この対陣状態というのはかなわんですな。犠牲は多いかもしれんが、早く総攻撃をやって、いっきょに突破しなくては駄目です」

先刻の敵兵は肉眼でよく見えるくらい近くなった。相もかわらぬ野放図な姿勢で一人ずつ左の密林のなかに見えなくなった。私たちはドリアンの展望台を降りた。展望哨の兵隊は、笠城武蔵、宮川清一、といい、二人とも一等兵であった。

兵隊たちは穴倉をつくって入りこんでいる。多くの兵隊は泥のように眠っていた。直接、敵と対峙している第一線陣地では、昼も夜もなく、したがってゆっくり眠れる時間とてはないであろう。交替のわずかな時間を、兵隊は熟睡するのだ。敵は突撃してくる勇気はないとはいえ、友軍の拠点を確保するための部隊の辛苦はたいへんであろう。こういう毎日をすごしながら、早く総攻撃をしなくては駄目だという第一線部隊のいらいらしたもどかしい気持は私にはよくわかった。渡辺中尉が木を降りると、頭の禿げあがった軍曹が、書類を持って来て、中隊の戦死者の報告をした。毎日若干ずつの犠牲者が出ているらしい。つづけさまに右の方に落下する砲弾。アボアボ川の方面では機関銃声がしきりなしに聞こえる。すぐそこのように、土煙が立ちのぼる。左手にあたってはげしい機関銃声がおこった。先刻の敵兵を射っているのだと思われた。

帰ったのは、午後二時、向井潤吉画伯と池田一等兵とが側車で来た。望月少尉が留守中に連絡に来たということである。裏の水道わきに出て、シャツと袴下とを洗濯した。僕は洗濯が好きでね、といいながら、向井画伯も、せっせと洗濯をしている。水道の栓がなくなっているので、水は間断なく出ばなしなのであるが、水量の減るということもない。のめるけれども、生ぬるいのが欠点だ。

「マッカアーサーがコレヒドルから逃げだしたのを知ってる?」

向井さんがいった。

米比軍総司令官マックアーサーは飛行機によって（編集部注・実際には魚雷艇）、コレヒドル島を脱出し、濠州へ行った。コレヒドル島に拉致監禁されていたケソン大統領や、高等弁務官セーヤーなども連れて行った形跡がある。マックアーサーは、新たに西南太平洋における反枢軸連合軍司令官に任命された。ウェーンライト少将が米比軍指揮官後任になった。そういうことであった。おかしな話である。夜にいたって、砲声やむ。

三月二十日（ブリット高地）

軍通の○○部隊長に会った。いつかの靴屋である。もう五十を越しているであろうか、そうとう年配で温和な人である。私の部隊はどこに行ってもいますから、いつでもたずねて行って下さい、御馳走しますよ、○○部隊長は笑った。この戦線では断線が多い。支那のように敗残兵が出没しないので、その点は楽だが、砲弾でよく切られる。友軍のトラックで切れることもあるし、土民が荷物をくるのに、電線を切って持って行ったりすることもある。通信が途絶えてはたいへんなので、いつどんな場合でも補修にでかける。砲弾の下でも、またどんな闇夜でも、躊躇してはいられない。明りをつけるわけにゆかぬので、手探りでやる。部隊から、だいぶ犠牲者も出た。切れたというので補線に出ると、つながるまではとても心配だ。○○隊長はそういう話をした。話していると、マニラでデング熱で寝ていたという笠井中尉が帰ってきた。すこし青い顔をしている。○○部隊の司令部に配属されたので、その予定地のマタアン山のなかに電線を架設に行ったという押目少尉も帰ってきた。あまり無理をするな、死なきゃならんときには、どうしても死なにゃならんのだから、つまらんところで犬死するなよ、と、○○部隊長は若い将校たちを見ながら、親父のようにいった。

昼食を御馳走になった。兵隊の中に本職の料理人がいる由にて、水牛のビフテキ、シチュウ、メリケン粉で即製のホットケーキなど、すこぶる優秀であった。われわれのところは兵隊炊事で、いつもへんてつのない菜の葉の味噌汁と罐詰ばかりである。

○○部隊の砲兵陣地へ行った。○○部隊長一行と同道である。自動車二台。向井画伯、小柳君もいっしょに来た。マバタンの部落からB道を入る。道路のところどころに埃のたたないように、アンペラが敷きつめてあった。しかし、黄煙の立ちのぼるのはなんともしかたがない。自動車は一団の黄塵のなかに見えなくなってしまうのである。狭い道の途中で、何度もトラックに行きあって、行ったりもどったりしながら、やっと、マタアン山の西側高地ブリットにある○○部隊の位置に到着した。道路にそって四本も五本も、さまざまの色の線が張られていた。竹藪のところに車をおいて山に入る。深々した谷間に清流が音をたてててながれている。深山のなかにある竹や木や石の小屋。天幕張りの居室などは、○○兵団のときとすこしも変わらない。山のなかのどこの部隊も、同じような山塞の不自由な生活をしているのである。緩慢な砲声がしていたが、やがて、付近の森林のなかへ、砲弾が落下しはじめた。こちらの砲兵陣地からも射っている。すさまじい音をたてて、全山が鳴りわたる。

○○部隊長は、どこか○○部隊長に似ているところのある温厚な人である。私たちは崖の蔭になった即製の応接室に案内された。

「また、射ってきましたな。敵はすばらしく性能のよい大砲を持っているらしいが、射撃は下手ですよ。同じところにばかりに弾丸が落ちるのです。どうも、上官は穴倉のなかにでも隠れていて、今日は何発どの方向を射て、などと命令しているように思われますな。部下は弾着の修正などまったくせず、弾丸をこめては、ぽんぽんと拉縄をひっぱっているだけにちがいありません。ここにもよく破片が飛んできます」

話している間も轟然とつづけさまに砲弾が炸裂する。こちらから射つ音もはげしくなった。あまり遠くないところに友軍の陣地があるらしく、すさまじく発射音が谷間に谺する。両方からの弾丸のため、全山はひっきりなしに鳴りひびいた。一発やると、十発おかえしが来ますよと、○○部隊長は笑った。

観測所に登った。胸をつく坂の上にある。息がきれた。汗が身体中に沁みだしてきた。指揮班長青木大尉が案内してくれた。ここは補助観測所で、もう一つ上の観測所にあがると、東海岸から西海岸まで、全半島が展望されるということであった。

木の枝で偽装された観測所。周囲には土嚢がきずいてある。正面にあるマリベレス山、サマット山はもちろん、東海岸の海も一望に見わたされる。耳をつんざく音がして、砲弾がしきりに眼下の地点に土煙をまきあげる。観測所の兵隊は電話でいそがしく、いちいち、発射弾と敵の弾着とについて、本部へ報告をしている。野淵少尉という紅顔の将校。電話をかけているのは本多伍長である。もう一人、藤井上等兵という兵隊がいた。

砲隊鏡をのぞいてみた。レンズいっぱいにゆらゆらと陽炎が燃えひろがる。白っぽい杭を打った鉄条網が何段にもなって見え、三角屋根の下の道路に一台、トラックが止まったまま動かない。バランガの展望哨から見たときと同じ位置なので、砲弾かなにかでやられて、破壊されているのかもしれない。壕の工事でもするらしく、ぶらぶらと敵兵が四、五名出て来て、なにかしきりにやりはじめた。敵の奴、不精なやつらで、どういうものか、けっして駆け足をしませんよ、と本多伍長が笑った。

青木大尉と本多伍長とは、かわるがわる、前方を指さしながら説明をしてくれた。敵の砲兵陣地のある地点はだいたいわかっている。はっきりとは無論いえないが、ほぼ○○門ちかい砲を備えているのではないかと想像される。えらい奴はひっこんでいて、分隊長くらいが射てと命令しているらしい。饅頭山と呼んであるオリオン山の後方にある陣地が、現在こちらを射っている。その陣地をかりに、五二八、五二二と呼んでいる。前者三門、後者二門の編成らしい。サマット中腹にあった五二〇、五五五の陣地は制圧した、西側地区の五二四陣地が、今日も午前中しきりに活躍したが、いまは沈黙している。こちらはこの下のきび畑の下の谷間に一個中隊、そのうしろに一個中隊、そのずっと後方に一個中隊、こちらの右下に一個中隊、それぞれ陣地をかまえている。あの貨車のある付近をトラの陣地といっているが、敵のうようよいるのが見える。こっちでせっかく目標を選定していても、敵がすぐにこわしてしまう。マンゴの木など、目標になりやすい大木はほとんど伐りたおしてしまった。早朝と夕方にはいちばんよく敵が見える。だいたい射ってくるのは午後の二時から六時ごろまでが一番多く、朝の六時ごろがもっとも少ない。炊爨の時間であろうと思われる。敵がたくさんいる地点は炊爨の煙でよくわかる。ここからオリオン山までだいたい一万五千二百米。

すさまじい砲弾の交換。砲弾が落ちると、赤黒い煙がたちのぼり、足元がゆれる。味方の陣地を見ていると、谷間の茂みにぱっと真っ赤な火がひらめき、砲弾は空をひき裂くようなうなりを生じて飛んでゆく。友軍陣地のある前後にしきりに敵弾が落ち、黄色い甘藷畑に赤黒い煙がたつ。敵もこちらの砲兵陣地を狙っているらしく、見ていると、陣地のあるところに落ちはせぬかと、一発ごとに気が気でない。なかなかあたらない。五時二十分、オリオン山の五二八、五二二陣地にたいして、集中射撃がはじまった。谷間の陣地からつづけさまに火と音。しばらくするとオリオン山の右斜面に黄色い土煙がたちのぼってくる。向こうからもはげしくお返しがくる。つづけさまにあがる砲煙と轟音。オリオン山の絶頂から黄煙が立ち、右にながれて消える。火山の噴火のように見える。山を降った。帰途、なおも砲弾が落下し、すぐそばに落ちたので、びくっとした運転手が、車をとめてしまった。砲弾にかまわず、道だけ見て行くのだ、と私は運転手にいった。きび畑が燃えだした。九十九折《つづらおり》の道を抜け、A道をアブカイの部落へ出た。なにかを探すように、しきりに野犬の群がうろついていた。
たそがれ頃、ドラム罐の風呂に入った。久しぶりで、よい気持だ。風があって、芭蕉やアカシアの葉がざわめく。さまざまの形の美しい雲が、夕陽をうけて茜色に染まっている。兵隊が豚を追っかけまわしている。空気銃を射ったが、あたらない。御馳走は逃げてしまった。風呂を出て、洗濯をした。日中であれば十分くらいで乾くのだ。

三月二十一日（デナルピアン）

デナルピアン難民区をさがして行った。デナルピアンの町を通りぬけて、三キロほどのところにあった。難民が大勢かたまって一地区でも形成しているかと思ったが、ただ地域が選定してあるだけで、殺風景な田園であった。小川で女子供が五、六人、洗濯をしている。ぽつんぽつんと家がある。子供が多く、そのきたなさはあきれるばかりだ。一軒の家の庭で夫婦で籾つきをしていた。二尺くらいの高さの瓢形の木臼。どちらも二尺五寸くらいある大きな杵《きね》を片手で持っていて、交互に搗《つ》く。これにはそうとう熟練を要するらしく、杵はそうとうに重いように思われるのに、右手と左手とを持ちかえながら楽々とつく。見ていると、その家から一人の異様の人物があらわれて来た。頭の毛はちぢれ、顔はまっ黒で凸凹が多く、顴骨《かんこつ》がとびだし、二枚の厚い唇が突出している。まっ赤な長衣を着ているが、男か女かわからない。左の耳に銀の耳輪をたらし、右の耳たぶにはマッチの軸のような棒が通してある。われわれのところにやってくると、両手を上にあげ、身体をかがめて両手の指先を跣足《はだし》の足の甲にくっつけ、その同じ動作をくりかえしながら、ぶつぶつとお経のような文句を唱えはじめた。ネグリートなのであろう。そばの比島人もあきれたように、なんのことかわからないといった。そこにいる連中に、タガログ語の新聞を配った。

引っかえして、デナルピアン兵站病院に寄った。外科病室に行った。岡村中尉、根本曹長などが、患者の状態を説明してくれた。ここは軽傷の者が多く、重傷患者はマニラへ後送してしまうそうである。作戦の当初にはずいぶん負傷者を手当したが、いまは閑散の由。総攻撃に備えて、寝台をたくさん空けてあるという。あまり気持のよい話ではない。塗板に入院患者の表が出ている。急患五四、入院一〇、退院五、転送一八、転出一、死亡一、その横に、「五号、初田、四時五〇分死亡ス」と書いてある。

「傷は銃創と砲弾創と半分半分くらいです。開設した当時には、まだこのへんまでどんどん砲弾はくるし、敗残兵は出るし、閉口しました。蚊や蝿、その他の虫に刺されたあとが化膿する皮膚病がそうとうにあります。私も、まだ、なおらないのですが」と、岡村中尉は繃帯をした自分の左足を示した。

壁には、院訓であろう、「任務ハ神聖ナリ、責任ハ極メテ重シ、小成ニ安ンジテ労ヲ惜シム勿レ」というような文句が書かれてあった。病室に住民二人と捕虜が一人収容されている。この建物はもとは学校であったらしく、この部屋も教室で、正面に黒板があり、その上に、アルファベットを大きく書いた細長い板が張ってある。小学校の一年生から英語を教えていたのである。フィリピン人で英語をしゃべらないものはなく、十歳くらいの子供でも流暢に英語をあやつるのである。生徒の手工や図画の作品などがまだ、壁にとめられたまま残っていた。捕虜はマキシミノ・デルサリノというすよごれた兵隊。比島兵はすべて頭髪をのばしている。どす黒い顔色はわるく、身体は痩せこけている。しかし、顔つきは精悍だ。土民はコンラド・マナラックとミゲル・レイエス。コンラドは米兵の掠奪を脱れようとして、拳銃で胸部貫通銃創を受けたということである。彼は両腕に刺青をほどこしていた。左腕には十字架が彫ってあった。根本曹長が治療をしてやると、日本語で、イタイといった。日本語をとても早くおぼえますよと岡村中尉が笑った。ミゲルの方は尻から股に抜けた銃創を負っていて、尻の方のガーゼをつめかえてやろうとすると、はじめはイタイ、イタイ、といっていたが、しまいにはひいひいと悲鳴をあげて、付き添いの若い男にしがみついた。治療がはじまると、すぐに、口にしっかりと敷布をくわえた。マキシミノはさすがに兵隊だけあって、そうとう手荒に処置されても、じっとしていた。この部屋には寝台が十六あるが、三人のほか、誰もいない。

病院長山本少佐が見廻りにやって来た。濃い鼻髯をたくわえた大柄な人である。いっしょに来た色白の若い中尉が、

「中山の弟です」

といった。

友人中山省三郎の弟、育四郎君であった。兄貴があなたも南に行ったから、どこかで会えるかもしれん、と、台湾に来たとき、葉書をくれていましたので、私もいつかお会いできると思っていました、と、育四郎君はいった。顔はそんなに似ていないが、もの柔らかな調子は省三郎とそっくりである。ところが、育四郎君と渡辺少尉とも旧知の間柄であった。渡辺少尉の友人が育四郎君と同

じ下宿にいたので、ときどき遊びに行き、顔を知っていたという。世間は広いようで狭いもんですな、と語りあった。

内科病室に行った。すこし離れたトタン屋根、木造の建物である。ここには兵站部があるので、さまざまの物資がいたるところに山のように積まれてあった。酒保や理髪店などもあった。病室の入口にはペンキ絵の基督《キリスト》一代記の幕が張ってあった。あまり明るくない部屋いっぱいに寝台が敷きつめてあって、多くの兵隊たちがいた。バタアン半島はマラリア熱とデング熱とが多いのである。ちょうど、昼食時間で、首から吊るした板の上にいくつかのお粥《かゆ》の皿をのせた兵隊が、その皿をくばっていた。梯子をのぼり、育四郎君が天井裏を案内してくれた。木像の基督像、使徒像、マリア像などがたくさんあった。向井画伯は六寸くらいの鼻のかけたマリアの木像をひとつ持って降りた。昼食をよばれる。ここでは俳句がさかんらしく、一座は俳句の話で持ちきりであった。

グアグア市場。グアグアの町は最初の戦禍をまぬがれていたのであるが、その後、共産党の放火によって見るかげもない廃墟となった。コンクリート建ての市場だけはもとのままだ。現在、ここにいる売子たちは、戦前とはすこしちがっているらしく、戦火のためにやむなく市場に出ている良家の子女や上流家庭の者もあるということであった。サント・トマス大学の学生などもいた。また、急に商人になった土民もたくさんある。以前は、そうとう大きな市の立っていたところらしいが、戦争のため閑散をきわめている。それでも、朝のうちなどは、この広い市場がいっぱいになるほどにぎわうということであった。マンゴ、西瓜、南瓜、茄子、さとうきび、卵、それに、ココア、ケチャップ、ミルク、菓子、などというようなものが並べられてある。売子のなかには若いきれいな娘もいた。

日本の兵隊の顔を見ると、トモダチ、タマゴいらないか、コーヒーか、などという。市場のなかには異様な臭気があった。市場のそばを大きな川が流れていて、間断なく舟が着いては、荷物と人とが上がった。彼らはカルマタに乗ってどこかへ去ってゆく。逃げていた難民が後方が平和になったので、ぞくぞくと帰ってくるのである。住民たちはどれを見ても、半ば安堵の半面に、不安のかげがなおその表情から消えていなかった。彼らはいまはただ、その日だけがたてばよいようにみえる。川縁で、サヤを着たかさかさの老婆が何人もで、三寸くらいの青魚を洗い、臓をだし、二つに裂いてひろげていた。ぷんと生くさい。屋根のうえにその魚がいちめんに瓦のように干してある。その干からびた皺《しわ》だらけの老婆の手つきを見ているうちに、ふと、琉球糸満の魚市場を思いだした。西瓜、マンゴ、卵をすこし買った。

サンフェルナンドの宣伝班本部に連絡に行った。サンフェルナンドは暑い町で、うっとせまってくる熱気はたえがたい。対敵放送の仕事のため、私だけ残って、渡辺少尉以下はサマルへ帰った。ちょうど、来合わせた参謀部の上村少尉から、捕虜についての話をきいた。上村少尉はオラニの捕虜訊問所で、もっぱら敵側の情報蒐集にあたっているということであった。捕虜といっても住民兵が多く、せめて下士官と思うが、なかなか捕まらない。食糧欠乏はますますひどい。粥、一日二回。それも正真正銘の米と水。兵隊たちはいらいらと気がたっていて、ちょっとのことでもすぐ喧嘩をする。彼らは米兵からそういわれて、米本国から援軍のくるのを待っているのだが、それもなかなか来そうもないので、すこしずつ援軍到着に疑念を持ちはじめている。もし、今月いっぱいに援軍が来なかったら、投降しようと仲間同士で話したこともある。それに空をとぶのは日本軍の飛行機ばかりで、味方の飛行機の来ないのがもっとも不満。給料もわたらない。土民のところへ食料品を買いにゆくと、たいへんな高価である。サギン（小さいバナナ）十五銭《センタボ》、サバ（煮て食う青いバナナ）二十五銭から五十銭、シラップなしのホットケーキ、一枚二十銭、煙草フイドモン、十本入り、百二十銭、二十本入り、二百五十銭から三百銭、米は一チュパ、百二十銭、一ガンタ（六チュパ）七百二十銭、一ガンタは約二升で、普通は四十銭くらい。彼らはいざのときに備えて、投降票をみんな持っている。そういう話。敵線内の状況をできるだけくわしく知ることは、作戦上はもとより、われわれの任務にもきわめてたいせつなことである。

夜になって、捕虜に吹きこませる原稿を書いた。最前線で敵兵に呼びかける、無駄な抗戦をやめて投降して来い、という意味のものである。四種類ほど書いた。これを仁科さんが英訳し、それをまた書記オカンポがタガログ語に訳す。オカンポは三十歳くらいで、もとは新聞記者であった。色は黒いが比島人にめずらしく凛々とした顔立ちをしている。比島には文学者はいないと聞いていたが、オカンポはなにかの新聞の小説募集に応募して、一等当選はしたが、戦争になったために、賞金をもらえずにしまったそうである。どんな小説を書いたかは知らない。

三月二十二日（サマル）

捕虜ホセ・ニェヴェラと、カタリノ・フロレンドの二人に、昨日の原稿をわたして、録音吹き込みをさせた。松内さんが指導にあたった。ホセは例のサント・トマス大学出の医学博士。比島人に珍しい智的の風貌。彼らは二人とも捕虜とも思われず、瀟洒《しょうしゃ》たる服装をしている。はじめは、あまり表にきこえるところではきまりが悪いといっていたが、しまいにはどこでもよいといいだした。彼らはいずれもマニラの家族に合わせてやった男たちで、原稿を目読していたが、これは全く自分たちの気持と一致している、といった。いやいややらされているふうではなく、彼らの語調には、ほんとうに多くの戦友たちを不幸から救いたいという真剣なひびきがあった。ホセの方がすこし気恥ずかしげにテストをやると、私がやってみましょうかとカタリノの方が、ホセをおしのけるようにしてマイクの前に立ち、すこし気どった口調で、原稿を読んだ。ホセの方はいくらか意志的にも見られたが、カタリノの方は鈍重なお人よしのようであった。カタリノは兵卒だが、自分はアメリカンがいなかったら大尉になっていた、と、煙草をふかしながら、気軽に冗談口をたたく。マイクの前に立った彼らは、はじめは馴れないせいか、いくらか口ごもったり、引っかかったりしていたが、のちには額に汗さえにじませて、熱情的な語調になった。できた録音盤を各小隊へ届けるごとく打ち合わせをすまし、正午すこし前にサマルへ帰った。

三月二十三日（サマル）

退屈な日である。前線では緩慢な砲声がしている。

前線では相かわらず小競り合いをくりかえしているのであろう。前線は志気にあふれているとはいえ、暑さと、病気と、弾丸とに、同時にたたかっているのは容易でないにちがいない。まったく風がなくて、うだるような暑さだ。連日の炎熱で、身体中にあせもがでた。午前中は軍通信部隊を撮影するために、沢村君たちと、サマルの街道に出たが、午後はすこし発熱気味なので、寝た。

「ニーベルンゲンの歌」後篇を読んで、時間を消す。第二十五歌。復讐をもくろむ腹ぐろい美姫クリエムヒルトの国へ、なにも知らぬニーベルンゲンの勇士たちは旅立った。途中、前途をさえぎる川のところにくると、頑固な渡し守に出あった。また、川のながれに浮かびながら、一行の運命について、不思議な予言をする蜑女《あま》がいた。勇士トロネゲのハゲネはその予言をたしかめるために、副牧師を川へつき沈めた。彼岸の豪族が彼らの一行をはばんだため、金の兜と鎧と楯と馬と剣とをもってする絢爛たる戦闘が行なわれた。すべての武士を彼岸へわたしつくした兵隊トロネゲのハゲネは、かえることを考えないために、その船をばらばらに打ちくだいて川に流してしまった。そういう個所を二度読みかえした。いつの世にもかわりないものは、兵隊の勇気である。

三月二十四日（ブリット高地）

今日は兵隊にわるいことをしてしまった。○○部隊の砲兵陣地に行くつもりで、段列の兵隊二人に案内してもらったところが、見知らぬ山のなかに迷いこんでしまった。サマルを出発のとき○○部隊への数台の連絡貨車のなかに、小隊のトラック一台を加えてもらい、こちらの車に○○部隊の兵隊二人を乗せた。一人は伍長であったが、彼らは上官から、宣伝小隊を一応○○部隊本部に案内したうえ、該小隊を誘導してただちに本隊へ追及せよ、という命令を受けたのである。いつも行く黄煙の山道をゆくと、分岐点のところで、本隊のトラックは左に行ってしまい、われわれの車だけ、右の道に入った。ここだと兵隊にいわれて車をとめ、運転手と車をそこへ残して、灌木林の間をかきわけながら、石ころの小径を行った。道はすぐに山道になり、密林に入ると、胸をつく坂になった。息をきらし、汗をたらしてのぼった。坂はいつまでもおしまいにならず、そうとう高くのぼったようである。胸ぐるしく、登るのがほとんど一歩一歩であった。渡辺少尉も沢村君も松尾君もかなりまいったようすである。アイモを持っている松尾君はいちだんと辛そうだった。全山は猛烈な蟬時雨である。やっと、峠の竹林のところに出て、あおむけにひっくりかえって休憩した。○○部隊本部はこの間来たことがあるので、どうも道がちがっていると思った。案内の兵隊に聞きただしてみると、この道に相違ないといった。そういわれれば道には数条の電話線が架設してあるし、この間、まもなく本部は転進するはずだときいていたので、移動したものにちがいないと思った。

また、森林のなかの胸つき坂を登る。やっといくらか下りになったかと思うと、もっとひどい傾斜の道があった。ようやく広間な平坦地に出た。ここまでくると、兵隊もいくらか自信がなくなったようすに見受けられた。山中では一人も兵隊に会わなかったが、ここへくると、バケツや飯盒や石油罐などをぶら下げた兵隊が頻繁に通った。水が遠く、どこか下の渓流まで水汲みに通っているのであった。その兵隊たちに聞いてみたが、さっぱり要領を得なかった。走りまわっていた伍長がかえって来て、この向こうの山を越えたところです、といって先に立った。平坦地からいきなり切りたったような山を登って、頂上にあがると、もう道もなにもなく、断崖絶壁であった。すうとつめたい風が吹いてきた。そこでしばらく休んでいると、密林の梢ごしにちょうどパノラマのようにサマット山が見え、飛行機の爆撃が展望された。青空を数機ずつ飛んで来た飛行機は、つぎつぎにサマット山脚の陣地にむかって、爆弾を落とした。各所からふきあげるように土煙がたった。

困惑したらしい兵隊は二人で、別々に道をさがしに行った。二十分くらいして、やって来て、こちらですと、山のいただきを左にそって行った。いくらも行かないうちに、兵隊の小屋があった。そこは○○部隊の観測所であった。いつか補助観測所に行ったときに、青木大尉が、もうひとつ上にあがると、もっと展望がきくといった、その場所である。なるほど、東海岸も西海岸も、つまりバタアン半島全体が一望のうちに眺められた。東海岸の海はいくぶん白っぽく、西海の海は濃い藍色をして、水平線は青空のなかに消えていた。

そこの兵隊に教えてもらって、本部に行った。また坂道を登り降りし、渓谷に出た。そのながれにそって、道のないところを、岩のうえを伝いなどしながら、二百米も降ると、そこが本部であった。○○部隊長は竹の煙管のさきに巻煙草をさしたのをくわえ、悠然と坐って、愛用のステッキをしきりに磨いていた。

「あの鳥はいいだろう」

そういわれてみると、一本の樹の幹に、竹籠がぶら下げてあって、いんこの種類と思われる色彩の派手な小鳥が一羽、しきりに止まり木と籠の竹柱とを嘴《くちばし》でくわえては、さかさに廻転をしていた。

「残飯をやればよいので、飼っているんだよ。これはこの山で兵隊がつかまえたのだが、もとはやはり人に飼われていたことがあるとみえて、よくなついている。足首に金輪をはめているでしょう」

○○部隊長は風流人である。和歌をつくり、尺八を吹くこともきいたことがある。部隊長に指示されて、すこし下がったところの○○部隊本部に行った。大木の根のところに粗末な小屋があって、森田少佐と石井大尉とがいた。木卓が一つきりである。森田少尉は赤ら顔で、たくましい身体つきをしていた。

「ひとつ五、六発ぶっぱなしてごらんに入れるかな。しかし、こっちから射つと、かならずその何倍かの返礼がくるので、外の部隊に気の毒なんですよ。射つときには、いちいち部隊に断わってやらんと、恨まれますからな。まあ、しかし、こちらは今はあまり射たずに、敵さんの射つにまかせておいて、時機が来たら、いっぺんにがんとお返しをしてやるつもりですよ。今度の総攻撃の砲撃は前代未聞でしょうな。数百門の大砲がいっせいに火蓋をきったら、サマット山もなにもふっ飛んでしまうかもしれませんよ。それは、そうと」と、すこし声を落として、

「ルーズヴェルト大統領がウェーンライト少将に、やむを得ん場合には適宜な処置をとってもよいという通電を発したというのはほんとうですか。総攻撃前に手をあげられちゃ張り合い抜けです。ともかく一斉射撃だけはお見舞いしてからでなきゃ、困りますな」

昼食をよばれて、○○部隊の兵隊をさがしたが見あたらなかった。板崎上等兵が方々を見つけに歩いたが、どこにもいなかった。森田少佐から、ぜひうちの陣地に行ってみてくれといわれた。さっそく、電話をかけていた。そこを辞して、渓谷にそい、道路に出ると、トラックが待っていた。奇妙な感じがしてあたりを見ると、十米とは離れていないところに、われわれの入った灌木林の小径があった。私たちは笑いだしてしまった。十米左に寄りさえすれば、十分もかからずに、楽な道を本部に行けたのだ。なんのことはない、目と鼻との道をとりちがえて、山をひとつ越えたことになるのであった。しかし、迷ったおかげで、思いがけず部隊の観測所には出るし、爆撃は見るし、まちがったただけの功徳はあった。

トラックに乗ろうとすると、藪のなかから、○○部隊の兵隊が出てきた。

「どこに行っとったかね。ずいぶん、さがしたんだよ」

と渡辺少尉がいった。

「そうですか」

「君たちは食事はすんだのか」

「すみました」

「ほんとにすんだのか」

「はあ、兵隊同士ですから、どこでも御飯くらい食べさせてくれます」

しかし、兵隊たちはたしかに嘘をついているにちがいないと思われた。いっしょに同乗して、出発。兵隊はわれわれの顔をなるたけ見ないように、始終、伏目がちに外ばかり見ていた。凸凹が激しいので、トラックの動揺はたいへんである。車体は今にもくずれんばかりだ。○○部隊の陣地についた。田圃のなかに無理につくった道を、行けるところまで行った。すこし歩くと、まもなく、数門の巨砲が砲身を敵陣の方へむけて、豪然と並んでいるのが見受けられた。

用件をすまして、トラックのところへかえった。沢村君と松尾君とは陣地撮影の打ち合わせをしたのである。トラックのところにくると、また、兵隊がいなかった。運転手に聞くと、歩いて帰るからよろしくいってくれといって、すこし前に帰ったということであった。われわれは、いったんサマルへひきあげることにした。前線の方では砲撃がしきりであったが、今日はこの付近までは射程が延伸されていなかった。トラックが砂塵をあげて曲がり角までくると、赤白の旗を持って交通整理にあたっていた兵隊が、赤旗を高くあげて、車の前に立ちふさがった。

「なにか用かね」

ものものしい髯面の兵隊は、女のような声で、

「この車はどこまで行くんですか」

「サマルまでだ」

「そうですか。それは、ちょうどええ。サマルへかえる兵隊が二人いるんですが、便乗させてやって下さらんか」

「よろしいとも」

埃のなかから出て来たのは、いなくなった○○部隊の兵隊であった。兵隊たちはこの交通頻繁な角のところで、便車を待っていたのであろう。私たちも意外な感がしたが、兵隊たちもおどろいたようすであった。

「すまなかったな」

と渡辺少尉がいった。兵隊はなんともいわなかった。

「せっかく案内してもらって、待たせてばかりいて、すまなかった。○○部隊はこのつぎに行くからと、○○隊から電話で連絡をとってもらっておいた。君たちは○○部隊に行くのではないのか」

「はあ、もう別に用事はありませんから、サマルへ帰ります」

「それでかまわないのかね」

「かまいません」

トラックの疾走中、その伍長は終始顔を伏せ、なにか思いふけっているように、ときどき唇をかんでいた。つとめて何気ないようすを装おうとしながら、その顔には一種の困惑の表情があった。疑いもなく、この兵隊は自分が任務を達成することのできなかったことにたいして、思いなやんでいるのにちがいない。兵隊の任務にたいする観念がいかに強いかは、私にはよくわかる。道を迷ったとはいえ、彼らは、上官に命令されたとおり、われわれを○○部隊の陣地へ誘導することができなかった。われわれとしてもつぎつぎに起こる思いがけぬことのために、時間をとった。しかし、理由はともかくとして、任務をはたしていないことはおおいがたい事実である。作戦上の重大任務とは異なっていても、任務には変わりはない。曲がり角で、○○部隊へ行く便車でなく、サマルへ帰る車を待ったというのも、思いあまった末であったろうと思われた。○○部隊の段列に行ってよく釈明をしてやることが、私たちの義務であると思った。こころもち青ざめた顔の伍長はしょげたようすで、車の後方ばかりを見ていた。もう一人の兵隊は頑丈な体軀をしていたが、同じようにわれわれの顔を見ようとしなかった。サマルの入口に来て、二人の兵隊は降りた。名前をきくのを忘れた。

三月二十五日（オラニ）

渡辺少尉と二人で、オラニの部隊本部へ連絡に行った。われわれの小隊は○○部隊と○○部隊とに協力を命ぜられているのである。東海岸方面の○○部隊は、はじめのころはもっぱら陽動作戦をやるということであり、小人数の小隊を分散させることは力を弱めることになるので、主力となってサマット陣地を突破する○○部隊に、われわれも主力をもって、協力することにしたのである。西谷中尉に会って、その打ち合わせをした。攻撃区分などを簡単に聞いた。小隊の給与は全部、部隊でめんどうを見るという親切な話であった。二十七日ごろから、部隊本部はグリット付近の山中に進出するということであったので、小隊も同時に、山に入ることにした。飛行隊の連絡将校池本中尉を紹介された。

話していると、窓ごしに、異様な一隊に目をとめられた。兵隊の服は着ているのであるが、鉄砲は二十人に一挺くらいしか持っていない。みんな鉄兜に似た麦稈《ばっかん》の帽子をかぶっている。背はいずれも、ほとんど五尺に満たないように思われる。二百人ほどもいたであろうか。鉄門の方から、ぞろぞろ入ってきて、号令をかけられて、二列横隊にならび、身につけていた背負袋やその他の装具を草のうえにおろした。

「高砂《たかさご》義勇隊です」

と西谷中尉がおしえてくれた。

彼らがいずれも大事そうに腰に下げているのは蛮刀であった。彼らは妙に子供っぽく見えるが、色は黒く、顔つきは精悍である。眉毛や額や顎に刺青をしている者もあった。山岳戦に協力するためにやって来たのである。彼らは何千という志願者のなかから、選抜されてきたのであった。

「便所に行って参ります」

明瞭な日本語でそういって、何人かが便所の方へ飛んで行った。私はその敏捷さに眼をみはった。本部は移動を前にして、あわただしい空気につつまれていた。何匹か軍用犬が部屋の中をうろつき廻っていたが、首輪には一等兵の肩章が結びつけてあった。青空を編隊をなした爆撃機がつぎからつぎに飛んで行った。そろそろ爆撃を開始しますよと池本中尉がいった。
連絡のため、マニラに行った。着いたのは午後一時ごろであった。対敵放送の器材のことと、あたらしい伝単の製作が用件であった。前線から久しぶりで帰ると、この東洋か西洋かわからない無性格な町も、格段に美しく眺められた。冷たい水がなによりも御馳走であった。

三月二十六日（マニラ）
所用のための一日。

三月二十七日（サマル）
昼頃、めずらしく沛然《はいぜん》と白い雨がアカシア並木の葉をたたいて降った。
マニラを出発、サンフェルナンドに寄った。相かわらず、ここは暑い。モロンから連絡にきた上田広君や田中佐一郎画伯がいた。これもつぎつぎに変わる状勢に即応するための伝単制作が主任務であった。西海岸ではビサヤ語でないと駄目だというのだが、そんなはずはないと思われた。
四時半にサンフェルナンドを出た。沿道に兵隊があふれていた。この数日来のことである。この間まではどの部落もがらんとしていた。ほとんど兵隊の姿を見かけない部落もあった。ところが今は、焼けのこった家という家にはことごとく兵隊が入っている。家が少ないので、道の両側に即製の天幕小屋が作られているところもたくさんあった。そのうえ、なおも道路上を陸続といろいろな部隊が前線の方へ出て行くのである。トラックで行くのもあれば、行軍して行く部隊もあった。歩いているのは馬と車とを持つ部隊ばかりである。馬を積んだトラックも走り、すさまじい無限軌道の音を立てて、戦車があとからあとから行軍部隊を追い抜いて行った。道はりっぱな舗装道路なので埃はたたないが、そのかわり炎熱を反射して熱気をたちのぼらせている。行軍部隊の兵隊は、水からでもあがってきたように、汗のため軍服は濡れていた。

ナチブの中腹から幾筋も白い煙がたちのぼっていた。帰ってきた住民が新しく開墾するために、きび畑を焼いているのらしかった。マリベレス山のうえには雲が低くたれ、折からの夕陽をま横にうけて、薄墨色にかすんで見えた。いつも一つの山に見えるのに、峰は大きく二つにわかれ、その深い襞のなかにうす雲がながれこみ、かすかに鈍い銀色に光っていた。

三月二十八日(サマル)

新聞はありませんか、と朝くらいうちから、兵隊がやって来た。陣中新聞「南十字星」「マニラ日日」などをすこしやった。まだ暗くて、字は読めないであろうに、受けとるや否や、新聞をひろげ、近眼のように新聞に眼と顔をひっつけて去って行った。

オラニの司令部へ連絡に行った。西谷中尉から、大沼○○主任を紹介された。昨日は腹痛で寝ていたということであった。渡辺少尉とともに命令によって○○部隊へ協力を命ぜられたことを申告した。対敵放送実施について、私たちは持参の録音原稿をさしだして、指示を仰いだ。

「そうだな、いち度やってみるかな。やるならば、一日あたりがよいだろう」

それから、明日、第一戦陣地を案内させるから、地形を偵察して、場所の選定をしたらよいだろう、といわれた。○○部隊長にも紹介された。明朝、司令部は前進するということであったので、午前八時までにここへくることを約して辞去した。

昼から、拡声放送の試験をした。腰のたかい家の下に、配電盤、モーター、その他の器材を備えつけ、道路の端に拡声器を置いた。拡声器は一米以上も長さがあり、ひろがった先は直径六十センチに近かった。壱岐軍曹や岡部君がかかりである。やがて、モーターがかかった。一馬力である。レコードをかけると、拡声器から大きな声が鳴りだした。調子は良好である。兵隊がなにをかけたかと思うと、「上海の花売り娘」である。甘ったるい歌声が部落中にひびきわたった。ときならぬメロデーに、部落の家々から兵隊たちがみんな顔をだした。のこのこ出てくる兵隊もあった。壱岐軍曹が歩測で距離をはかりながら、部落のはずれの方に行った。

「満州だよりというのはありませんか」

などと、注文する見物人もあった。今度は、ホセ・ニェベェラとカタリノ・フロレンドが吹きこんだ録音盤をかけてみた。初めは調子よくでたが、すぐ、ぷつぷつという変な音を立ててわからなくなってしまった。岡部君が調節をした。前と同じ声がでだした。英語とタガログ語とでは、内容が同じなのに、タガログ語の方がほとんど倍にちかい長さである。比島はさまざまの民族がおり、四十いくつという言葉があるので、このタガログ語をもって国語と選定しているというのだが、きわめて単純でやっかいな言葉である。複雑な言葉がまったくないので、日本語や英語なら一語ですむところを、その一つの言葉をいくつもの別の言葉で説明してゆく。一語ごとに、そうやるので、どうしても長くなるのだ。沢村君の話では、いつか映画録音をタガログ語でやったとき、幸福という言葉がなくて弱ったことがあるということであった。人間の言葉のなかに幸福という字がないということは不思議というのほかはない。

ホセのをすまし、カタリノのをやりかけると、また、聞こえなくなってしまった。通信隊の兵隊まできて修理を手つだってくれたが、どうもうまくゆかない。試験をうちきった。モーターの音が激しいのは、堀を深く掘って入れ、コードを長くのばして後方に置けば、敵に聞こえはしないであろうと想像される。

壱岐軍曹がかえってきて、

「四百米くらいまではよく聞こえますが、それから先になると、なにをいっているかわかりません。音楽だけなら、もっと先でもわかるでしょう」

といった。

「そうか。よし、こんなせまい部落でそれだけ聞こえればよい。開濶地に行けば、昼なら七百、夜なら千ぐらいは大丈夫だろう」

それから渡辺少尉は、器材を整備するためにマニラへ二日の予定で行ってくることを、壱岐軍曹に命令した。いざというときに故障では困るからである。すぐ器材をトラックに積みこみ、壱岐軍曹と岡部君、若干の兵隊が乗って出発した。

日が暮れると、月が出た。表に出ると、どこにも明りはついていないので、いちめんにまっ青で、海底の町のようであった。昼は風がよく吹くが、夜になるとばったりとやむ。部落中、なにひとつ動いているものがない。思郷のようなものが胸をすぎる。私はよい兵隊であるということは、兵隊になりきることだという感想をいく度も心の中でくりかえした。最前線では戦闘をやっているかもしれないが、ここまでは聞こえて来ず、あたりは森閑として妙に静かである。螢が高いところを青い火花のようにたくさん飛んでいる。

私は部屋にかえった。外に洩れないように、蠟燭をたてて、渡辺少尉といろいろな話をした。いつになく、しんみりした晩である。話していると、家のなかに飛びこんできた一匹の螢があかりをもとめるように、蠟燭のところへ降りてきた。火にふれると、そのまま青い尻の火を消して、下に落ちた。

火をもてる螢灯《ひ》に来て死ににけり

ふと、そんな文句がすらすらと胸に浮かんだ。なにかよい気持であった。これは辞世である。

三月二十九日（アボアボ河畔）

約束どおり、午前八時、渡辺少尉とオラニの部隊本部へ行った。司令部も準備を終え、出発するところであった。自動車の隊列のなかに加わって出発。マバタンからB道をはいった。相かわらず濛々たる黄塵である。中途までくると、先登から、車と車との距離を五百米にとれと逓伝してきた。トラックや乗用車の往来は日毎に頻繁になるようである。部隊が前線に増加しているからであろう。

ブリット高地に司令部があった。先発によって、各所に小屋がけがされていたが、まだ半分くらいしかできていず、兵隊たちがせっせと組みたてていた。ここも深い森林である。水が遠いようであった。

楠本中尉が現在までの戦況、敵情等を説明してくれた。観測所にあがると、前面は一望である。楠本中尉は地図をひらいて、現地と交互に比較しながら、

「作戦上、われわれの方ではサマット脚の陣地に、マツ、タケ、ツツジ、モミジ、ウメ、サクラ、バナナ、などいう名をつけています。サマット山の中央からちょっと下がったところに、赤土の大きな禿が見えるでしょう。あれがマツの陣地。左手にある小禿がタケの陣地。ずっと左の方に、明瞭に、中間の谷間のためにくの字になったところが見えますね。あれをビワの陣地と呼んでいます。外の陣地にも敵はうようよいますが、どうもこの三つの陣地がもっとも堅固のように思われます」

拡大鏡をのぞきながら、説明をきいていると、レンズのなかに、とつぜん、すさまじい土煙がたちのぼった。つづいて三ヵ所ほど。しばらくして、轟音が伝わってきた。爆撃だ。モミジの陣地付近ですな、と楠本中尉がいった。そばで飛行隊の池本中尉が弾着と時間とを見くらべては、いそがしそうに報告書をつくっている。左手のバランガ方面にあたって、はげしい機関銃声がきこえはじめた。レンズを廻してみると、青い海に沈んでいる汽船の煙突と檣《ほばしら》とだけが見えた。

大沼少佐の命で、楠本中尉が前線を案内してくれることになった。午後出発。埃の道を大淀橋、高槻橋と、二つの即製の橋をわたった。橋の名にはなかなかよい名がつけてある。嵯峨野橋、吉野橋、丹波橋、みやこ橋、いさを橋、鞍馬橋のたぐいである。北野川、錦城川、淀川というのもあり、モロンの奥には、四条河原町というのがあるということであった。そのつぎに三島橋というのがあると大沼○○から指示されてきたのであるが、そんな名の橋はなく、八紘橋というのがあった。すこ

し行くと、井戸の底をのぞくような急坂があった。途中から右に折れて先は見えず、せまいがそういう長い坂である。弁慶坂という立札が立ててあった。坂のところどころに、交通整理班の兵隊が、赤白の旗をふりながら、逓伝式に合図をしている。坂を下った。まるで坂落としである。しばらく行くと渓流のあるところに出た。板をくみ合わせたばかりの福山橋というのがあった。アボアボ川である。浅いので、底の岩がいたるところに出て、すみきった速い水が白い飛沫になって流れていた。兵隊たちが大勢で、洗濯をしたり、炊爨をしたり、裸になって水に浸ったりしていた。そこら中は、どこも兵隊であふれていた。こんなに多くの部隊がいようとは思いがけなかった。馬子のように馬をひいて通る兵隊、馬のうえに腰かけている兵隊、車輛部隊などがひっきりなしに通った。物貨集積所があった。砲弾がときどき全山をゆるがせて落ちた。川をわたりすこし行ったが、どうも三島橋という橋は見あたらないので、引きかえした。また弁慶坂をのぼると、すぐに右に行く道があった。つまり、来た方角からいえば、そこから左へ曲がればよかったのである。炎熱と埃のなかを兵隊が行軍してきた。すこし行くと、なるほど、三島橋というのがあった。すこし行った森蔭で車を棄てた。そこから先は敵陣地からまる見えなので、自動車で出るわけにはゆかないのだ。森の角を曲がると、すぐ眼の前にサマット山があり、左手にオリオン山が見えた。オリオン山が饅頭のようにふくれているのは、火山なのであろう。ぎらぎらと白雲がそのうえを流れている。南国のうつくしさは比類がない。森の根にそって行った。そのあたりは一面、半ば焼けのこった立ち枯れのきび畑であった。また、このへんいったいは、敵陣地のあったところで、掩蓋のある壕が、いくつもあり、交通壕が縦横に掘られ、砲弾や小銃弾が山のように遺棄されてあった。右にすこし折りかえすようにして、急な坂があった。その降り口に「西村少尉戦死之地」と書かれた白木の墓標が立っていた。敬礼をした。灰のような坂道を下った。

三キロほど行くとアボアボ川に出た。ここでも兵隊たちが川に入ったり、米をといだりしていた。このいったいの密林の深さはおどろくのほかはない。どうしてそういうふうになるのか、密生して生えているいろいろな灌木や竹林が、枝や根や茎を縦横にからませ合っていて、通行することはもちろん、さきの見とおしはまったくきかない。五米先はもう見えない。これでは敵の斥候と味方の斥候とが密林のなかで鉢合わせをするというのも無理はない。このような密林がいくつも谷を作り、断崖になり、複雑な起伏を形づくっているのである。敵は地理に通暁しているので味方の斥候が思わぬ損害を受けたことがしばしばであったということである。兵隊に○○部隊本部をきいて行くと、でたらめばかり教えるので、何度も同じ道を行ったり来たりした。山の背には無数の掛小屋があり、兵隊たちがあふれ、さまざまの部隊があわただしげに往来した。まるで兵隊の山である。砲兵陣地もあった。

やっと、○○部隊本部がわかった。われわれはいずれも汗でびしょぬれであった。山の肌に道を作り、周囲にたくさんの土嚢できずかれた小屋があって、その間を抜けて上がると、一番高いところに、部隊長の穴居があった。○○部隊長はきわめて気さくな人であった。私たちはこの正面で対敵放送をやりたいむねを伝えた。

「そうか、それは面白いな。いつでもやって来たまえ。部隊の方で君たちの小屋と、壕とを掘っといてやろう。ここにいる間は給与もこっちでしてやるよ。何人くらいくるのだね」

七人ほどお世話になりたいむねを答えた。

「放送をやると、砲弾や機関銃弾の集中射を受けるかもしれませんが」

「あるいは、そうかもしれんな」

それから、〇〇部隊長は地図をひろげ、

「昨夜《ゆうべ》、ここの敵の警戒陣地を突破して、少し前に出た。機関銃はめちゃめちゃに射って、砲弾を千五百発も射って来た。曳光弾を射ったり、狼火をあげたり、敵さん、なかなか派手だよ。午後の八時ごろから攻撃を開始して、今のところに出るまで、五時間かかった。すこし兵隊も痛んだよ。観測所の少尉が、かわいそうに額に砲弾の直撃弾をうけてやられた。敵はまるで見とおしのつかないところに隠れているので思わぬ損害を受ける。敵の弾道はきわめて低伸しているが、標定以外の方向にたいする射撃は拙劣のようだ。しかし、敵には、狙撃兵の優秀なのがそうとうにいるらしいな。指揮官をえらんで、狙うので、物騒千万だ。主力陣地はタリサイ川の線にひろく分散しているらしい。

まあ、べた一面にうようよしているといった方が早いだろう。迫撃砲も少なからず持っている。掩体の作りかたも巧妙だ。山には蠅が多いが砲弾と蠅とどっちが多いかと思うくらい、砲弾を乱射する。敵の奴はでたらめで、彼我混淆のいくさのときでも、敵味方の顧慮なんぞ、まったくせず、味方がいようがどうしようが、むちゃくちゃに、射ちこんでくるのだよ。そうだね、放送をやるなら、この先の瘤《こぶ》のところがよいと思うが、そこはまだ、取っていない、今日中には取る予定だ」

私たちは部隊長の厚意を謝して、辞去した。私たちは任務の責任がいよいよ重く肩のうえにのしかかってくることを感じた。そうして、自分たちの力というものが、はげしく反省された。自動車のところにかえって来て、走りだすと、あまり遠くないところに二発砲弾が落ちた。司令部の入口で、楠本中尉と別れた。

三月三十日（ブリット高地）

山中の設営のため、朝早く、兵隊二人だけ残して。みんなトラックで出発して行った。別府軍曹が指揮官である。住居を作る材料として、トタン板や、竹、アンペラ、縄、それに食糧などを満載し、そのうえに兵隊たちが乗りこんで、残った兵隊に、よう風呂に入れや、顔を洗えよ、など冗談口をたたいて行った。近隣の通信隊も大部分、すでに山に入った。がらあきになった家の壁に、白墨で平仄《ひょうそく》もなにも出たらめな漢詩が書き残してあった。ただその中に、兵隊のある感慨が汲みとられた。

　歳月変遷重数年
　燦然輝膺徴聖戦
　聖使部身負幸限
　剣山向武士心諳
　大陸蠢動鬼神避
　凱歌揚東亜聖戦

というのである。

夕食後、渡辺少尉と私は、新しい住居にむかって出発した。到着したころには、日はかたむき、夕焼雲が空ぜんたいをまっ赤に染めていた。たそがれてゆくマニラ湾も望まれた。司令部のところに行くと、先発隊が木や竹を集めて来て、二尺くらいの腰柱のうえに、アンペラ張りの座敷を二ヵ所作っていた。屋根はない。屋根にするつもりであったトタン板は、アンペラの下敷きにしてあった。両方とも蚊帳が吊ってあった。こんなことになれんので、かってがわからず大骨をおった、ここなら土堤のかげだから、まず砲弾には安全だ、と別府軍曹がいった。

器材の整備にマニラに行った壱岐軍曹の一行もかえってきた。すこし遅れて、通訳の先原君と、トリガンとがやってきた。トリガンはリンガエン湾から上陸してまもなく、投降してきた比島の兵隊である。身体も顔もすべて細づくりで、頭髪をきれいになでつけ、ちょび髭をたくわえ、小さな黒シャツに、縹色の長ズボン、カーキ色の運動帽、という瀟洒たる服装であった。

日が暮れた。明りをつけることもできないので、さっそく蚊帳のなかに入りこんだ。裸になって雑嚢を枕に横になった。座にあがると、トタン板がぽきんぽきん鳴り、木の枝を下に敷いてあるらしく、背中がぐりぐりと痛かった。木の枝と平行して、すこし斜めに寝た。となりに向井画伯が来た。うつくしい月明である。十三夜くらいであろう。空もろくに見えないくらい繁茂した樹々の梢を通して、青い月光がさしこみ、蚊帳をとおして、身体中に落ちてきた。いろいろな小鳥や虫が鳴く。ときどき、ぱっくう、ぱっくうと奇妙な声で鳴くものがあった。聞くと蜥蜴《とかげ》だということであった。一米ちかい蜥蜴がいるということである。南方にくると、日本では鳴かないいろいろな動物が鳴くのである。森閑としてただ青く静かだ。風はないが、山の冷気のせいか、すこしも暑さを感じない。それでも、上の方はいくらか風があるのか、ときどき枯葉がさらさらと音をたてて、蚊帳のうえに落ちてくる。日本を出て以来、さいしょの快適な良夜である。何時ごろであったか、声がして眼をさまされた。深夜と思われた。楠本中尉が懐中電燈をともし、蚊帳の裾から顔をさしこんでいた。

「いま、投降兵が六名来たんですか、皆目、わからないところがありますので、すみませんが、通訳の人、来ていただけませんか。すぐそこですが」

というのであった。先原君とトリガンとを起こし、楠本中尉に案内されて行った。向井画伯も起きて来た。土堤のところに、数名の比島兵が膝をいだいて、不安そうに腰を下ろしていた。月光は樹木にさえぎられて、少ししかさしてこず、暗くて顔はわからなかった。ただ、顔は憔悴し、服装はまちまちであるが、見るかげもなく、大部分は裸足であった。帽子をかぶっているのは二人きりで、髪もばさばさに荒れ、ひどく不安にたえぬようすで、おどおどしていることだけは、夜目にもわかった。

トリガンは捕虜の前にしゃがんだ。そうして、タガログ語で二こと三こといったときに、楠本中尉が投降兵たちの顔に懐中電燈を照らした。すると、トリガンは、あ、とかすかに、異様な声をたてた。二人目にいた帽子をかぶった投降兵もおどろいたらしかった。

「私の友だちです」

と、トリガンはいった。

二人は心をこめたように、何度もかたく握手をした。投降兵の眼に光ったものがあった。それまで不安な気持でいた投降兵たちは、これでいちどに安心したらしく、はじめて笑顔をうかべた。トリガンとその投降兵トマス・フレデリノとは工兵隊にいた時に同隊であったそうだ。この六名はいずれも北ルソンの兵隊で、言葉はイルカノ語をしゃべった。北ルソンの兵隊はもっとも精悍であるといわれている。フィリピンの歴史を見ても、北ルソンの叛乱軍がもっとも政府をてこずらした。トリガンももとよりイルカノ語は故郷の言葉である。二人はなつかしげに、イルカノ語で、しばらく二人だけの会話をした。それから、訊問にうつった。気持のほぐれた投降兵は、なんでも知っているだけのことは答えた。彼らはいずれも投降票を数枚ずつ持っていた。

問。どこの部隊に属していたか。

答。三一師団三一連隊。

問。どういう経路をとってきたか。

答。夜であるし、夢中であったので、記憶がない。地名とか、陣地とかいうのは、アメリカ兵が全く知らせないようにしていたので、自分たちのような下級兵卒には、さっぱりなにもわからない。とにかく、山の方から、来た。ちょっとした山があって、その中腹くらいのところにいた。まるで食べものがなく、お粥を支給されるが、そんなことでは腹の足しにならず、籾をあつめて、これを搗き、粥と米とをはなして食べたが、もうそれもなくなった。今夜はわれわれ六名に糧秣あつめを命ぜられたので、これ幸いと逃げて来た。それに、このトリガンが、マニラで御馳走を食べている写真の伝単を見て、ほんとに投降する気持がわいた。このごろ、兵隊がたくさんいなくなったので、やっぱり、自分たちのように日本軍のところへ来ているのだろうと思っている。

問。米兵と比兵との関係について。

答。米兵は比兵とはくらべものにならぬくらい、よいことをしている。このごろは下級兵であったものが、どんどん進級して、分隊長や将校になった。食事なども、彼らはたら腹食べている。それに、米兵は第一線に出ず、われわればかりを危険なところへ出す。比兵のなかでは、投降したがっている者が、非常に多い。

問。なにがいちばん恐ろしかったか。

答。爆撃と砲撃とが恐ろしかった。そのために、そうとうの戦死傷者が出た。

問。陣地には地雷とか爆弾とか、特別の装置がしてあるというがほんとうか。

答。戦車の来そうなところ、道路などに地雷が敷設してある。手榴弾の信管を抜き、これに針金をさして、あちらこちらに引っぱり、突撃のときにふれれば爆発するしかけがしてある。偽装してあるから、よっぽど注意しないとわからない。

問。マックアーサーが諸君をすてて逃げたのを知っているか。

答。なにも知らない。そういえば、飛行機のまいた伝単に、マックアーサーが飛行機に乗って、さよならといいながら飛んでゆく絵の書いたのを見たことがある。伝単もはじめのうちは拾うと、とてもやかましく、すぐに上官から取り上げられたが、どうしたものか、このごろではふふんと鼻で笑っていた。

問。そんなに、投降したい者が多いのなら、指揮官をやっつけて、みんなで投降して来たらよさそうなものではないか。

答。それはなかなか難しい。など。

三月三十一日（タリサイ河畔）

トラックに放送器材を積んで、出発した。今日も暑く埃の多い日である。途中黄塵の山の道を、間隔をとりながら、トラックをつらねてゆくと、砲弾が五百米くらい左手に一発落ちた。すると、前のトラックが止まったので、こちらもやむなく車をとめた。後から来るのがみんな止まってしまった。どうしたのかと思い、降りてみると、私たちから三台先のトラックが止まったので、あとが止まってしまったのだ。故障かと思っていると、運転手台から、一人の下士官がのこのこと降りて来て、十米ばかり行った崖縁に出ると、望遠鏡で前方をながめたり、小手をかざしてあたりを見まわしたりしはじめたのである。

「あら、なんや」

「おうい、なにしとるか」

「馬鹿たれ、早よ、車出さんと、あとがどもならんやないか」

うしろの車から、思い思いに、はがゆそうにどなった。下士官は落ちついたもので、ゆうゆうと眼鏡をしまうと、にこりともせず引っかえし、トラックに乗った。やっと全部の列が動きだした。弁慶坂を降りて、アボアボ川を渡った。そこから先は自動車が行かないので、車を道路傍に寄せ、歩いて行った。砲弾が頭上をとおり、ずっと彼方に落下していた。○○部隊本部はすこし前進していた。もとの位置はアボアボ川の方に近かったが、今度のところは、タリサイ川の方がすこし近い。タリサイ川に頑強な敵第一線があるのである。土堤になったいちばん上のところに、穴を掘り、土嚢をきずき、竹や木の枝で屋根まであるりっぱな山塞を、部隊で作ってくれてあった。ところが、はじめ七名の予定だったのが、十五名になったので、半分は外へはみだしてしまった。この付近いったいの山肌はことごとく兵隊の小屋で満たされている。アボアボ川のトラックのところから、二回にわたって、重い器材の搬送を終わったのは、午後一時すぎであった。兵隊たちはびしょ濡れになってかえってきた。

渡辺小隊長と二人で崖上の台上に出て見た。いちめんの芭蕉畑で、その間をうねうねと二尺深さくらいの交通壕が掘ってあった。ところどころに「狩野部隊本部へ」という標識がしてある。長い交通壕を伝って二キロも来たとき、藪の中で、○○部隊長に出あった。部隊長は背丈くらいある竹枝をついて。第一線を視察していた様子であった。

「やあ、やって来たね。わしは見廻りじゃ。こっちの道を行ったら、井上少佐がいるから」

指示を受けた石ころ路を、行った。もとはむろん路のあったところではあるまい。このあたりの竹藪はたいへんなものである。なんという竹か知らないが、根から二百本も三百本も一時に、あまり大きくない竹が密集して生えていて、まんなかだけはどうやらまっすぐ伸びているが、周囲の方は折れ曲がって、地上に頭をつけたり、むやみに横にひろがって。他の竹と縦横にからみあったりしている。おまけに、枝には一寸ほどの刺がいちめんに生えていて、それがまた他の竹の刺とひっかかり合って、頑丈な鉄条網を張ったような具合だ。見通しもきかず、通行もできない。ときどき、顔や服にひっかかるのをはらいながら行くと、井上少佐ほか四、五人の将校が地上にかがんで地図をしらべているところへ出た。そのすぐ前に、軽機関銃を据えた二人の監視兵がいる。ここが最前線で、その先には誰も出ていないらしい。刺のある竹をくぐって前に出てみると。そこから断崖になっている。五、六百米さきに、森林のなかをタリサイ川へつづくテアウェル川がまっ白く光りながら流れ、渓流のせせらぎの音が伝わってきた。川向こうの土手の上に、掩蓋陣地のようなものがいくつも見え、ぶらぶらと二人、銃を下げた敵兵が上の道を右の方へ通って行った。森の木蔭に、四、五枚干されてある洗濯物が風のためにひらひらと動いていた。昨夜、現在の地点を奪取したばかりであるということである。

「放送の位置はあとで選定して連絡しましょう。あまり、部隊の企図を曝露する地点でも困るのだが」

「はあ、私たちもそう考えておりますから、なるたけ将来部隊のあまり動かない場所の方が、適当であろうと存じます」

私たちは地図を見て、放送位置を研究し、井上少佐にわかれてかえった。

疲れていたので暫時、午睡。

部隊から作業隊が出て、壕を掘ってくれるということであったので、また、芭蕉畑を縫って以前の位置に行った。道から左に入ったところに、そうとうの広場があって、それを抜けると、またちょっとした広場があった。本部から三キロばかりの地点である。そのあたりいったいは、その広場をのぞいては、例の密林とやっかいな竹林である。広場には大きなマンゴの木が四、五本ある。いちばん大きな木は根のところから横だおしになり、頭の方の枝は地につけ、幹は地上すれすれになっていた。その下に、配電盤、蓄音器、放送者の入る大きな壕を作ることにした。作業隊の兵隊が指示したとおり、掘ってくれた。小隊の兵隊も手つだった。縦一間半、横三尺、深さ四尺くらいの穴ができた。この上にマンゴの幹を利用して、木や竹を横たえ、土を盛って、掩蓋をつくった。もう一本のマンゴの木から五米くらい離れたところに、モーターを入れる穴を掘った。

この地点はまだ友軍が出ていない。まだ、付近の捜索もしていないということであった。別府軍曹、岡兵長、池田上等兵、津森一等兵と、斥候に行った。茂みにそって出ると、深い竹林があり、そこを出たところに、広いきび畑があった。いちめんにまっ黄色になって、立ち枯れている。そこへ出ると、たちまち、サマット山から見透しになる。右手にある密林の中に入りこんで行った。きび畑は前方にゆくとすこし右に入りこんでいた。竹林の間から、サマット山の大禿陣地がすぐ眼の前に見えた。中央あたりから、青い煙がたちのぼっている。炊爨をしているのかもしれない。密林のなかを警戒しながらなおも行った。刺のためにあちらこちらをひっかかれる。左手に見えるきび畑の終わるところから、背のひくい灌木の疎林になっていて、三十度くらいの傾斜で百米ほどつづいている。敵のいるようすがないので、下り坂になった密林の径を足音をしのばせて降りた。ときどき小銃声や機関銃声がするが、左右の陣地の方向である。なお百米ほど行くと、林がまばらになってきて、前方に赤土の平坦地が見えた。同時に、さあという渓流の音が耳に入った。タリサイ川にちがいない。鉄条網の張ってある密林の出口へそっと近よった。赤土のひろばは幅四十米くらいしかなく、そのさきはまた深く丈高い森林になっている。そこはもうタリサイ川の岸にちがいないと思われる。きび畑につづく疎林の方までこの赤土の広場はつづいていて、途中に白い杭を打った鉄条網が二ヵ所につくってある。

すると、別府軍曹が、ふいに、

「あ、敵がいる」

と、細い声でいった。

指さす方を見ると、前方の森林の出口のところに、一人の監視兵のいるのが見えた。私たちのいた場所からは、左斜めになる。紺の丸帽をかぶり、同じく黒いシャツを着ていたが、上半身しか出ていないので、銃を持っているかどうかはわからなかった。こちらには気づかず、どうしたのか、しきりに空ばかり見ていた。この森林を横につらねる線が敵の警戒陣地で、タリサイ川に主陣地があることは間違いないと思われた。私たちは引きかえした。

拡声器をすえるとすれば、右にすこし入りこんだきび畑の突端が適当と思われる。そこには葉の厚い二、三本の灌木も生えているし、密林を縫って行って、その左端からも遠くない。その地点から、疎林の傾斜百米、赤土の開濶地四十米、タリサイ川の敵陣地まで二百米としても、三百四十米くらいしかない。もっと遠く見つもっても五百米はあるまい。私は渡辺少尉にそういう報告をした。七時に作業を終わった。

月のま正面からさしこむ山塞。まあたらしい木や葉のにおい。蠅はいるが、ふしぎに蚊がいない。蚊帳なしで、裸で寝られるのはありがたい。すぐ頭の上で、蜥蜴が鳴く。家がせまいので、半分は外に寝ている。眠っていると、起こされた。兵隊がきて、部隊長殿がお呼びですといった。すぐ傍の○○部隊長の居室に行って見ると、さきに渡辺少尉もきていた。話してゆけというのである。話していると、○○部隊長はバイアス湾上陸もいっしょになり、広東でもいっしょであったことがわかった。部隊長は、そばにあるウイスキーの瓶を示しながら、

「これは、わしが赴任するとき、寺内閣下が下さった。わしは酒は好きじゃが、兵隊のことを思うと、わしばかり酒はのまれん。兵隊はかわいい。わしの兵隊は日本一じゃと思うとる。前線の兵隊は、みんな覚悟していますという。なんにもいわずにだまって死ぬ。こんな兵隊となら、わしもいつ死んでも惜しいとは思わん」

話す○○部隊長の眼から、はらはらと大粒の涙が、蠟燭の灯に光りながら、流れ落ちるのを、私は見た。

四月一日（タリサイ河畔）

大きな竹を節から節まで切って、上の節に穴をあけ、即製の竹水筒を兵隊たちが作る。兵隊の水筒の三杯分くらい入る。給水班の水をもらってきて、その竹筒からのむと、また格別である。

うっすらと明けてきたころ、部隊から出してくれることになった、吉本伍長を長とする軽機一個分隊と、作業隊とがやって来た。そろって芭蕉の台上に出た。狭い壕の道を重い器材を運ぶのはたいへんである。モーターは二人でかつげるが、配電盤は二人ではすこし荷が勝つ。しかし、狭いうえに、石ころ道なので、二人よりうえはかかれない。蝸牛《かたつむり》の行進である。ときどきころぶ道の両側にはいたるところ、穴が掘ってあって、兵隊が入っていた。

やっと、昨日のマンゴの木のところへ出た。すっかり夜が明けた。配電盤を入れる穴はすこし小さかったので、掘りひろげた。穴に入れて装置した。飛行機が朝からしきりに飛んでいた。渡辺少尉と、昨日行ったところまで行ってみたが、すこしも情況の変化はないようであった。監視兵の姿は見あたらなかった。

拡声器をすえつけにきび畑の方に出た。コードの先端を別府軍曹がにぎり、竹林の藪を伝って伸ばして行った。きび畑が右に入りこんで来ているところに来ると、コードをにぎったまま、別府軍曹がきび畑のなかに飛びだした。そのあとから山之内兵長が同じように出ていった。私は竹藪のかげで、コードを手ぐりよせていた。そのきび畑はほとんど枯れていて、身体を隠すにはじゅうぶんではない。サマット山から見下ろしてである。若干の砂埃をたてて、二人は匍匐《ほふく》してぐんぐん出て行った。私は右にまわって、密林のなかに入った。すると、はげしい銃声が数発して、きび畑のうえに土煙がたった。別府軍曹と山之内兵長とが大急ぎで密林のなかに飛びこんで来た。山之内兵長は右手の人さし指をやられていた。骨までたっしていた。さっそく繃帯をした。渡辺少尉が大丈夫か、というと、は、ほんの少しです、大丈夫であります、と、元気のよい声でいった。別府軍曹の皮ゲートルを弾丸が横にかすめていた。拡声器をかついだ岡兵長と津森一等兵とが、密林のなかから這いだした。指定したとおり、きび畑の出はずれの灌木のなかにそれを置いたが、コードがそこまで来ていなかった。ひゅうと弾丸が一発きた。岡兵長が、コードをとりに、肱《ひじ》で匍匐して行った。必死の表情である。コードの先端にたどりつくと、それを引っぱって来て、拡声器と接続させた。すると、また、はげしい弾丸がつづけさまに、きび畑のうえを這うように低伸した弾道でやってきた。二人の兵隊は横にころがりながら、藪のなかへはいって来た。すると、ぱしんと鋭い音をたてて、一発が私たちのいた横の立木あたり、その弾丸が私の上唇の右をかすめた。しびれたような感じがしていたが、しばらくすると、熱くなってきた。つづけさまに同じところに弾丸がきた。われわれは狙われているに違いないと思われた。作業を終わると、マンゴの木のところにかえってきた。拡声器の装置場所の見える、竹藪の出はずれのところに監視壕を掘り、軽機とともに別府軍曹が残った。

放送の準備をはじめた。壱岐軍曹が穴の中のモーターをかけた。ところが、どうしてもかからない。おかしいな、調子がわるいが、といいながら、モーターを穴の中から出した。外に出してかけると、調子よくかかって、音をたてて廻転しはじめた。両端についている綱でぶら下げて、佐々木一等兵と二人で、穴に入れると、止まってしまった。穴のなかでかけるがどうしてもかからない。また、外に出してやると、かかった。

「こいつ、穴のなかは好かんとみえるわい」

と壱岐軍曹ががっかりしたようにいって笑った。四回目にかかったモーターを穴に入れると、今度はとまらずに廻転をつづけた。掩蓋をかぶせると、音もあまり聞こえなくなった。ただ、青い煙が土の間から濛々と出た。もっとも、森林のために、敵方へ見える心配はなかった。

トリガンへしゃべらせる原稿を書いてやった。先だって、ホセ・ニェベェラとカタリノ・フロレンドに録音させたのと、だいたい、同じような内容のものである。みんな壕のなかに入った。先原君が、私の書いた原稿をすぐ英訳してトリガンにやった。トリガンは緊張した顔をした。先原君の話によると、トリガンはマニラを出るときには、悲壮な顔をしていて、いよいよ出発するという間際には、ちょっと教会に行かせてくれといって、二十分ほど一心になにか祈っていたそうである。トリガンは渡された原稿を口を動かしながら、目読した。

十時四十分。岡部君がスイッチを入れた。マイクを持った先原君は、英語で敵陣へ呼びかけはじめた。

「戦線の友人諸君、これは日本軍から君たちへ送る声だ。しばらく射撃をやめて聞きたまえ。まず、諸君にほれぼれするようなよい音楽を聞かせてやろう」

これを二度、繰りかえした。それから、レコードをかけた。ハリウッドの俳優ボップ・クロスビー"I'V EGOT MY EYES ON YOU"拡声機が遠いのである。ここまでなんにも聞こえて来ない。前に出ていた壱岐軍曹が引っかえして来て、いまのままでよい、といった。

私は壕を出て、竹藪の監視壕のところへ行ってみた。すると、喇叭《ラッパ》から音響がひびいているのが、聞かれた。拡声器が向こうをむいているので、すこし聞きとりにくいが、それでもはっきりとわかった。異様な感慨であった。ある興奮に似た気持もあった。荒涼とした戦場の空気の中を、甘やかなメロデーがながれひろがってゆくのである。誰の胸にも郷愁をよびさますような音律が、斜面を越え、森林をぬけ、タリサイの渓谷の上をぬって、敵線の方へ伝わってゆくのである。見通すことのできない敵線では、敵がいったいどんな顔をして聞いているかわからない。しかし、銃をおき、壕から首や身体を浮かして、ぼんやりと聞きとれている敵の兵隊の顔が、私には眼に見えるように思われた。射撃はまったくしてこなかった。やがて、音楽がやんだ。つづいて、トリガンの声が聞こえはじめた。トリガンの声はいくぶんふるえをおびてはいたが、いつもあまり大きな声を出さない気の弱いトリガンとは思えないほど、声量の豊かな明瞭な語調であった。

「なつかしい戦友諸君、なつかしい戦友諸君、元気でいるか。俺の声がわかるか。俺は三二連隊のトリガンだ。諸君の戦友、フィリピンの兵隊だ。俺はこの間まで君たちといっしょのところにいた。

君たちといっしょに闘った。今は日本軍の陣地にいる。君たちに遇い、ゆっくり話したいが、戦線が別になったので、今は駄目だ。俺がいま、生命がけで諸君に忠告することを聞いてくれ。俺は数日前にマニラの家族に会って、ここへ来たばかりだ。俺が日本軍の捕虜になっていながら、家族に会ったなどということが、諸君には信じられるか。俺も夢のようだった」

ふっと、言葉がとぎれた。やがて一段と大きな声がひびいて来た。

「日本軍が投降者や捕虜を殺すというのは、嘘だ。みんな米兵の逆宣伝だ。俺はそのことをどうしても諸君に知らせたい。ここは第一線で、けっして安全な場所ではない。しかし、俺は危険をおかしてやって来た。俺は自分一人がよいことをして、戦友である諸君を見殺しにすることができなくなったからだ。俺たちの戦線での生活はひどかった。米兵はたらふく食べ、俺たちは乞食のようだった。ところが、今はどうだ。俺は夢にも忘れなかった家族とともにいる。母も姉も、恋人も同じところにいる。そして、二度三度あたたかいものを食べている。マニラは復興して、毎朝、毎夕、教会の鐘が鳴り、映画館や劇場はひらかれ、町は戦前とはすこしも変わらないにぎわいをていしている。君たちは俺たち投降兵が殺されたと思っていたかもしれない。とんでもない話だ。俺だけでなく、外の戦友たちもたくさんいて、みんな無事だ。二、三日前には友人トマス・フレデリノもそこから俺たちのところへやって来て、涙を流して喜んでいた。諸君は、バタアンの土となり、屍となって腐ることがよいか、無事で家族のところへ帰るがよいか。戦争中なので、長たらしくいっている間がない。戦友諸君、戦友諸君、銃をすてて日本軍の方へ投降して来い。白い布をふるか、両手をあげるかして、やってくればよいのだ」

トリガンの声はふくらみをもって、タリサイ川を越えて行った。ほとんど興奮しているかとばかり思われるトリガンの熱情的な語調をききながら、私は彼のしゃべっている文句のなかに、いくつも原稿とはちがった言葉や文句のあることに気づいた。トリガンには別に原稿を書いてやらなくともよかったのかもしれない。彼は自分の思うとおりをしゃべったのであろう。壕の中でマイクを右手に持って、額に汗をにじませ、身体をゆすぶりながら、戦友へ呼びかけているトリガンの姿が、私は顔前に髣髴してきた。じりじりと照りつけてくる陽をよけて、私は竹林のかげに仰むけになっていた。

「諸君、別の音楽を聞かせよう」

そう先原君の声がして、音楽がはじまった。前のよりはいっそう甘い音律が喇叭から流れ出ていったが、どうしたのか一分も鳴らないうちに、止まってしまった。後方から故障だと知らせてきた。私たちはそこで、ふたたび、鳴りはじめるのを待った。すると、ひゅうと音がして砲弾がすこし後方に落ちた。それを合図のように、つづけさまに近くに落下しはじめた。すぐ間近に、すさまじい音とともに地ひびきをたてて落ちた一発のため、仰むけになっていた私は、眼も口も開けておれないほど土埃を浴びた。ぷんと煙硝のにおいが鼻をついた。別府軍曹や池田上等兵などのいる監視壕のすぐ正面にも落ちて、土煙をまきあげた。やがて、四発連続の発射音が聞こえると、後方の本部の方角にあたって轟然と炸裂する音がした。地ひびきがして、谺《こだま》が山中にひびきわたった。四発ずつの砲弾は執念ぶかく、同じところばかりに落ちた。多分、本部の台上の芭蕉畑の付近であろうと思われた。左手にあたって、はげしい機関銃声が起こった。

焦燥のうちに、時間がながれた。機械の故障はなかなかなおらなかった。午前中のをきりあげ、夜もう一度やることにした。

六時ちかくになったので、器材の調節にかかった。先原君と、岡部君との努力によって、やっとなおったようである。陽はかたむいて、日ざしもやわらかくなって来た。準備を整えていると、一発の砲弾が背後の森林のなかへ落ちた。つづけさまに、監視壕付近と思われるところへ落下した音が聞こえた。例の四発連続の砲弾が、また飛んできはじめた。やはり弾着は芭蕉台の方向と思われた。あまり砲弾の落下がはげしいので、壕の中で、渡辺少尉と放送を見合わしたがよくないかと相談していると、前方から、壱岐軍曹が駆けもどってきた。

「まわりに、どんどん砲弾が落ちて、あぶなくておられません。敵に曝露したようです。それに、竹林のかげから、二発、手榴弾を投げられました」

といった。

「よし、器材をそのままにして、全員撤収してくるようにいえ。いちおう、大隊本部の位置まで後退をする」

渡辺少尉がそういうと、壱岐軍曹はまた竹林の方へ駆け去って行った。砲弾がなおもつづいて落ちてきた。まきあがった土埃のなかから、監視壕にいた別府軍曹をはじめ、軽機をかついだ兵隊たちが、引きあげてきた。器材をすべてそのままにして、全員、井上部隊本部まで撤退した。部隊本部といっても、密林のなかで、石や土嚢を積んだ穴ぐらが三つほど作ってあるばかりである。ちょうど、司令部から、放送を見合わせるようにという連絡のあったことを知らされた。井上少佐は、ものやわらかな調子で、惜しかったですね、といった。空洞になった大木の中に、一人の兵隊が入りこんで、前方を監視していた。

近くで大騒ぎがはじまった。兵隊が蜂に襲撃されたのである。一人の兵隊は蜂に刺されながら、追っぱらおうともせず、顔中に蜂をとまらせたまま、両手を肩の高さにあげて径のうえに坐りこんでしまった。壱岐軍曹は猿のようなかっこうで、必死に蜂をはらいのけた。山之内衛生兵長が、蜂にさされた兵隊の顔から、ピンセットで針をぬいてやった。二十二本も入っていた。どうして逃げなかったかというと、蜂に追っかけられたときには、逃げるとかえっていかんと思ったからであるといった。針をぬいたあとには、ヨーチンをぬってやった。すると、その一等兵は、どうも耳のなかがおかしいといいだした。耳をかたむけてゆさぶると、水といっしょに蜂の羽根が二枚出て来た。これは手におえないので、山之内兵長が医務室につれて行った。まもなく、かえって来て、医務室では、砲弾でやられた者の手当がいそがしく、蜂にさされたのは後まわしだということであった。

日が暮れた。満月が出た。また、援護部隊と作業隊とを出してもらって、器材の撤収に行った。マンゴの木のところにゆくと、正面から月光がさしかけ、樹々のかげは美しく、昼間いたところとは、まるでちがった場所のように思われた。もしかしたら敵から拡声器はとられているかもしれないという懸念もあった。が、別だん、異状はなかった。別府軍曹が長となって出かけ、拡声器を持ってかえった。私は竹林の中からきび畑に引かれているコードを巻きとった。やがて、配電盤やモーターその他もひきだし、また、困難な石ころ路を、部隊本部の位置へ引きあげて来た。またも、砲弾がすさまじい音をたてて、芭蕉の台上に集中してきた。途中、何度も狭い交通壕のなかに伏せ、頭からつい土埃や破片をかぶった。重い荷物なので、道は遅々として進まない。本部の山塞へかえりついたのは、もう夜の十時を過ぎていた。おそい食事をした。冷たくなった飯盒の飯を水をかけて流しこんだ。

私はトリガンにきいてみた。

「君は、昼間、放送のとき、恋人もいっしょにいるといったね」

「はあ」

と、トリガンはすこし照れた顔をした。

「マニラにいるのかね」

「マニラにいます」

「なんという名だね」

「ネナ・ルステア」

「君の家族では軍隊に入ったのは、君だけだったのか」

「兄弟はありませんが、伯父が歩兵の中佐です」

「それはどこにいるのだね」

「バヨアンの中にいるでしょう」

「消息はわからないのだね」

「わかりません。よい伯父でした」

トリガンはふと眼を伏せた。

アボアボ川へ、別府軍曹と二人で、水を浴びに行った。裸になって、川へ入った。清く速い流れが気持よく身体をきった。あまり深くないが、底の石河原のうえにあおむけに寝ころぶと、身体中水のなかに浸る。月光が川面の上にきらめいている。ほかにもたくさんの兵隊が水に浸っていた。洗濯をしている者もあった。前線では砲声と機関銃声とがしきりなしに交錯している。石鹸で身体をあらうと、自分の身体のようではなく、月光のなかにまっ白に光りでた。腕の肱から先が日に焼けて、手袋でもはめたようだ。顔は髭面である。私は身体をあらいながら、なにかひとつの仕事を終えたあとの大らかな気持があった。馬繋場があるらしく、どこかわからないが、馬のいななきがときどき聞こえた。小鳥が鳴いてる。このあたりの小鳥はいろいろこみいった鳴きかたをするが、なかに、金属的な音をたてる鳥があった。姿は見たことはないが、ちょうど、夏の夜店などに出る水仕掛の福助太鼓のような声である。奇妙にさびしい声だ。いつのまにか、耳をすまして鳥の声をきいていると、ふと、かすかにではあるが、奇妙な唄声のようなものが耳に入った。兵隊が唄っているのかと思ったが、そうではなかった。それは、たしかに、台湾に行ったときに聞いたことのある蕃歌であった。この山岳を切りひらきにきた高砂族が、どこかの山中で、歌っているのにちがいない。私は彼らには、オラニで会ったきり、戦線ではまだ会わないが、彼らは敏捷で精悍で、どんな密林でも蛮刀をふるって、どんどん切りひらいてゆき、砲弾がいくら落ちてきても、平気だということだ。彼らの腰の蛮刀は先祖代々から伝えられた実刀で、父の代までは血を見てきたのであるから、自分たちもぜひその刀の歴史をけがさないように、道つくりのみではなく。戦闘に参加して活躍させてもらいたいという念願をみな持っているということである。森林のなかから哀調を帯びた蛮歌がひくく高く、月光のなかを、アボアボ川のせせらぎのうえにながれてきた。

四月二日（ブリット高地）

アボアボ川のトラックの置いてある個所まで出て、河原の上で朝食をした。兵隊たちが大勢群れ、河原のいたるところから、炊爨《すいさん》の煙がたちのぼっていた。朝靄のなかを、埃をたてて、さまざまの部隊があわただしげに往来した。戦車もたくさん河原にならんでいた。鉄蓋をひらいて、子供のような戦車兵が出て来た。いよいよ明日にせまった総攻撃の体勢が着々と整えられていることが感じられた。

兵隊の炊いてくれた熱い飯と、味噌汁とを吸いながら、渡辺少尉と私は昨日の経験について語りあった。成功であったか、不成功であったか、それは知るかぎりではなかった。ただ、私たちは、不充分であったにもかかわらず、ひとつの任務をはたしたのである。放送器材の不適当さ、こんなに重く大きなものを前線用としては適していない、こう搬送が仰々しくてはいざの間に合わない、バッテリーをもって、自由にどこにでもすぐ移動できる程度でなくてはならない、ということと、小隊自身がもっと戦闘力を持たなければならない、ということの二つが結果から得た感想であった。

自動車だけを弁慶坂の方へやって、私たちは砲兵陣地の方を廻って帰った。十数門の大砲がつづけざまに敵陣にむかって、砲弾を飛ばした。私たちは耳をおさえて、その横を通った。敵からも射ちかえして来た。深い山の両者の砲弾が、いく度も谺をはじきかえしながら、鳴りひびいた。弁慶坂との別れ路まで来たが、どうしたものか、まだトラックが上がって来ていなかった。別府軍曹と小柳君とが見に坂の方へ行った。そこの石に腰を下ろしていると、遠方に落ちていた砲弾がしだいに近よってきた。頭のうえをしきりにうなりを発して通過しはじめたので、私たちはすこし位置を変更した。二百米ほど来たところの道端に、大きな二本のマンゴの木があった。そこにも砲弾を避けて、トラックが二台と、兵隊たちがたむろしていた。軍通の兵隊たちであった。そこで待った。砲弾は間断なしに頭上を過ぎては、後方に行って炸裂した。

しばらく休んでいると、板崎上等兵がやってきた。砲弾の落ちた道を工事していたために通れなかった、もう間もなくくる、といった。やがて、埃を蹴たてて、トラックがやってきた。飛び降りた壱岐軍曹が、渡辺少尉に、

「松岡が砲弾の破片で背中をやられました」

といった。

「どうしたのだ」

「弁慶坂のかかり口のところに砲弾が落ちたのであります。そのとき、他部隊の兵隊が二人即死しました」

「お前たち、ぼやぼやと大きな姿勢をしとったんだろう」

「いいえ、みんなすぐ伏せたのであります」

松岡上等兵がトラックから降りてきた。右肩の後ろに、砲弾の破片がささったらしい。大したことはないらしく、元気でにこにこしていた。

砲弾がやまないので、また、しばらく待った。豚が一頭、われわれの来た方の道から、のこのこ

と灰の波の中を泳ぐようにして、小走りにやって来た。やあ、御馳走が来た、と、軍通の兵隊が二、三人立ちあがり、電線架をふりまわして追っかけた。すると、びゅううとすさまじい音がして砲弾がやってきたので、わあ、豚どこじゃないわい、と、笑いながら、また、マンゴの木の下へ駆けこんできた。

ブリットの山塞へ帰ったのは、正午すこし前であった。疲れたので横になっていると、ぽつりとつめたいものが顔にあたった。雨かと思ったが、空はまっ青に晴れあがっている。兵隊が、蟬の小便だといった。樹の幹にまっ黒になるほど蟬がとまっていた。

月光の夜、蚊帳の中に入りこんでいると、兵隊たちはいつまでも話をしていた。軍旗祭のときの話が出ていたらしかったが、別府軍曹が、あの朝、みんなで台湾軍の歌を合唱したときにはよかったなあというと、池田上等兵が、あのとき、タクトをふったのは自分です、といった。なに、お前か、そうじゃったのか、お前なら歌うんじゃなかった、などと、笑いだした。

四月三日（ブリット高地）

まだ薄くらいうちから、にぎやかな小鳥の声で眼がさめる。飛行機が早朝から飛んでいる。味方の陣地から、砲撃もすこしずつはじまった。午前中、どうも微熱があって気分がわるいので、蚊帳のなかに入って横になっていた。蚊帳ごしの青空を、飛行機の編隊がしきりに往来する。砲撃もしだいにはげしくなってきた。すぐ近くの陣地から射ちだすときには、身体にひびく地鳴りがして、谷間中が鳴りわたった。昨日までは沈黙をまもっていた数百門の大砲がいっせいに火蓋をきったのである。

午後三時に歩兵が攻撃前進をはじめる。それまで敵陣地にたいして、猛烈な砲爆撃の集中射が行なわれた。

私は観測所にあがって見た。サマット山脚は濛々たる土埃におおわれている。こちらの陣地から無数の砲弾がつぎからつぎに、うなりを生じて飛んでゆく。左手の森林のなかから、ぱっとまっ赤な火がつづけざまに閃き、しばらくすると、轟然たる発射音が聞こえてくる。サマット山脚の黄煙のなかに、むくむくと花でも咲くように、新しい弾着が土煙をまきあげる。飛行機が旋回しながら、爆弾を投下する。みるみるうちに、サマット山は黄煙のためにおおいつくされ、その煙はしだいに高くのぼって東風にあおられ、マリベレスの絶頂をなめ、青空の中へ舞い上がって行く。オリオン山からも土煙が舞いあがる。サマット山の中間地区にもたえず爆煙がふきあがった。黄煙のなかにめらめらと火が閃く。サマットの右脚で、火災をおこしたように黒煙があがりはじめた。前線でもはげしい砲声がたたき合うように聞こえる。あらゆる轟音と爆音とが、間断なくつづいた。それは、まるで、サマット全体が大きな火薬であって、それが点火して爆発しているように見えた。私はこの景観を息もつまりそうな思いで見ていた。ここからは、火と煙と音としか知ることができないが、そのすさまじい場所には、この砲爆撃が終わるや否や、敵陣に突入しようとして、剣銃をにぎりしめ、眼を光らせている多くの兵隊がいるのだ。兵隊はおそらく、味方の砲弾の土埃をかぶるくらい、敵と近接した場所にいるにちがいない。轟音のなかにはげしい機関銃声も聞こえてくる。敵が得意の疾風射をはじめたのであろう。手榴弾を、どんどん投げだしたかもしれない。この攻撃の一瞬にすべての兵隊の矜恃がかかっている。そのようなたくましい兵隊の勇気が、凛々たる気魄となって、濛々たる黄煙と、ごうごうたる音響のなかから、盛りあがり、あふれあがってくるのが、はっきりと私の胸にこたえる。

午後三時になった。サマット山脚への砲爆撃がやんだ。射程が延伸された。いよいよ、歩兵が突撃を始めたのだ。ここからはなにも知ることができない。しかし、私は、前線でつづいているすさまじい銃砲声と、濛々たる黄塵のなかから、兵隊たちの突撃の喊声が聞こえてくるような気がした。気ではなく、たしかに私はそのどよめく喊声を耳にした。私は涙があふれてきてしかたがない。私は兵隊たちのそのような必死の場所を、後方の高いところから、見物していることが苦しくなり、観測所を降りた。

一日中、銃砲声が絶えない。夕刻ちかく、補助観測所にあがってみると、砲弾は大禿陣地の線に集中されていた。前線はタリサイ川を越えたものと思われる。敵の砲撃もさかんであった。濛々たる砲煙につつまれたまま、サマットも、マリベレスも、オリオンも、しだいに黄昏のなかへ霞んでいった。夜がきた。

渡辺少尉が戦況を聞いてきた。予定の攻撃目標をはるかに突破して、タリサイ川を渡るとともに、バランガ、バガック道路の線まで進出したということであった。敵の遺棄屍体三百五十、捕虜十七、鹵獲《ろかく》兵器、重機関銃七、軽機関銃十六、小銃百五十三、弾薬三万五千、当面の敵は、四十一連隊、四十三連隊。しかし、味方の損害も少なくなかったのである。将校数名の戦死者のうち、福岡中尉もまじっていた。私たちが放送をしに行ったときに、援護分隊を出してくれた中隊長である。

吉本伍長の分隊も大いに奮闘したであろうが、安否はまったくわからなかった。

三小田部隊のタリサイ川渡河戦の情況をきいた。部隊は午前中から、地形や敵情を充分に偵察した。敵との距離は百五十米ないし二百米くらいであったが、密林と複雑な地形とのために、観測がまったく困難であった。掩蓋銃座の堅固なものや、幾重にも張った鉄条網や、きび畑をなぎたおして障害物をこしらえているのなど、密林の間から見えた。右斜面に側防火器があって、正面を攻撃すれば側射を受けることは明瞭であった。突撃部隊は配置された。友軍のすさまじい砲爆撃がはじまった。直接協力の火砲を正面にならべて、敵陣に射ちこんだ。砲弾はわずか百五十米くらいのところを飛んでいったのである。敵からもはげしく機関銃を射ってきた。突撃の直前、三分間、いっせいに砲弾をはなった。その下をすこしずつ兵隊は、銃剣をにぎって前進を起こしていった。匍匐《ほふく》しては、各個躍進をつづけた。敵弾を受けて倒れる兵隊もあった。砲撃がやんだ。兵隊は喊声をあげて敵陣におどりこんだ。そのときには、もはや敵と十米くらいに近接していて、友軍の砲煙のなかにとびこんだのである。砲弾のため、鉄条網に破壊口ができていた。中隊長、小隊長がまっ先に抜刀して敵のなかへ入った。小隊長が二人、たおれた。安間小隊長は一弾で首をうたれたが、傷口を左手で押えて、なおも突進するうちに、また一弾のために戦死した。軍曹が小隊の指揮をとった。敵は多くの屍体と銃器とを残して逃げていった。三小田部隊はタリサイ川を越えると、ひきつづきヤシの陣地の攻撃にうつった。

第一線のいたるところで、このような緊迫した戦闘が行なわれ、テアウェル川、タリサイ川、カトモ川の線をつらねる敵陣地は突破されたのである。今日までの対陣の鬱憤《うっぷん》は堰をきった怒濤のように敵陣に殺到していった。

深夜にいたるまで銃声が絶えない。月明のなかを飛行機が飛んでいる。

四月四日（ブリット高地）

一日中、はげしい砲爆撃。飛行隊の池本中尉が、攻撃が進捗したので、爆撃予定を一日延ばして、五日のところを今日やるのだといった。軍通の小屋では、押目少尉がいそがしそうにしきりに電話をかけている。捕虜が七名ほど捕まって来た。二人は顔と肩とを負傷している。顔はよごれ憔悴したようすをしていた。あまり砲爆撃が激しかったので穴から出ることができず、十五時間もかがんでいたが、顔をあげてみたら日本軍に取り囲まれていたというのである。一人の下士官は眼の大きい額の秀でた男で、マニラのファー・イースタン大学を出て、将校代理をしていた曹長であった。彼は日本軍の伝単を二十四枚もポケットに入れていた。他の兵隊は、自分たちは投降しようと相談しているときに、攻撃を受けたので、やむなく応戦をした、といった。きょときょとたよりない兵隊たちである。さっきの下士官は、私たちが、どうして無駄な抗戦をするというかという問いにたいして、大きな眼をぐりぐりさせ、そのような質問の意味はまったくのみこめないという顔をした。

「日本軍にたいして、どうして私たちが抗戦したかと聞かれるのですか。それはどういうわけです。日本軍がフィリピンにやって来たから、私たちは闘ったのです。日本人も、フィリピン軍が日本の土地を踏んだらやっぱり闘うでしょう」

下士官は昂然として、そういった。

竹の家のなかで、山之内兵長と松岡上等兵とが、おたがいに、繃帯の交換をしている。どちらも大したことはなく、行動にはすこしもさしつかえないようだ。怪我人あつかいにされて、仕事をさせられないのが、かえって二人には、不服のようすである。

小柳君と山口君とは、○○部隊に従軍するために、命令受領者のトラックに便乗して、前線へ出て行った。

夜になって、出発準備をととのえた。明朝、戦闘指令所がカトモ川の橋梁のところまで進出することになったので、われわれも同時に出ることにした。放送器材を積んだトラックは、壱岐軍曹に宰領されてマニラへ帰った。荷物をとりまとめて、もう一台のトラックに積みこんだ。トリガンが荷物を運びながら、オモイ、とか、カルイ、とかいう。すこしずつ、日本語をおぼえた。朝眼がさめると、キショウ、といってわれわれを起こすのである。管理部から、明朝の飯がわたった。飯盒につめる。現品と携帯口糧とを準備した。三時半起床というので、準備が終わると、早目に寝た。ずっと遠くなったところで、緩慢な砲声。

四月五日（カトモ河畔）

まだ明けやらぬ月明のなかを進軍。さきに出発した部隊のあとには、昨夜まではたのしい棲居だった多くの山塞小屋があきやになって、取りのこされている。霞にかすむ月光のなかを、自動車部隊や、車輛部隊がぞくぞくと前線へ出てゆく。埃が前後も見えぬくらいたちのぼり、馬や車や兵隊の姿は影絵のようにぼんやりとしか見えない。アボアボ河畔に出たころ、やっと夜が明けた。藪のなかや河原の上に露営していた多くの兵隊たちが、そろそろあくびをしたり、限をこすったりして起きだしてきた。入れかわり立ちかわり、アボアボ川に兵隊が出入りした。石河原に、急ごしらえの竈《かまど》がいくつも作られた。炊爨の煙があがりはじめると、前方から、火を消せ、と怒鳴ってくるものがあった。兵隊たちはあわてて火を消した。たきかけの飯盒の下に、まだ消えぬ榾火《ほだび》がくすぶっていた。焼くつもりであった芋をぶら下げたまま、兵隊はぼんやりと立っていたが、やがて生でかじりはじめた。弾薬集積所のまえに、十七日の白い月がすっかり明けはなれた青空に残っていた。埃を蹴たてて、あとからあとから部隊がわくようにあふれでてきては、流れのように通過していった。

自動車を福山橋の土堤のうえに残し、歩いて行った。灰よりももっとひどい道である。足のさきは踵まで埋まってしまうのである。道路は高砂族の開拓した道である。渡辺少尉はさきに行ってしまった。向井画伯と、池田上等兵と三人で歩いた。くねくねと曲がった森林のなかの山道である。車輛部隊や駄馬部隊が、埃を蹴ちらしながら進んでいた。とても自動車は通れる道ではないのに、軍通のトラックが、いまにも車体が崩れんばかりにがぶりながら、強引に運転して来た。野砲連隊砲なども行く。軍通の兵隊がいそがしそうに電線を架設している。焼野原になっている竹林。タリサイ川の清流に出た。橋がないので、石の上を飛んでわたった。馬や砲がなかなか渡渉できずに苦労している。掩蓋《えんがい》陣地がいたるところにあり、帯のように長い機関銃弾や、小銃の弾薬箱、手榴弾などが無数に遺棄されてあった。点々と遺棄屍体があって、臭気をはなっていた。川を越えてすこし坂道にかかると、出口に砲弾が集中しているとて、部隊が止まっていた。砲撃が緩慢になったので、その坂道をあがると、思いがけず、視界がひらけて、サマット山が眼の前にせまって見えた。そこはもうバガック、バランガを結ぶ幹線道路であった。中央には石を敷きつめた、五間はばくらいのりっぱな道路である。私たちははじめ、サマットの真下なので、すこし警戒する気持があったが、それは無用の心配であった。サマット山はすでに占領されていたのである。大禿を露呈しているマツの陣地の中腹を、兵隊が日章旗を立て、列をなして登ってゆくのが小さく見られた。その高地と、サマットとの間には若干の谷があるように思われた。いたるところに陣地があり、無数の爆弾孔や砲弾孔があり、屍体の積み重ねられているところがあった。数十台の車輛が、大半は転覆して四散していた。二キロほど本道をゆくと、カトモ川の橋梁に出た。戦車隊がこの橋梁の爆破装置の線を断線したために、この橋梁はのこされたということである。橋脚の高い木橋である。橋をわたった右手の森の中に、戦闘司令部があるらしかった。私たちは道路から左側に入り、カトモ川の河原に出た。そこで昼食をすることにした。兵隊たちが飯盒で飯を炊きはじめた。それまでの腹ごしらえに、私たちは持ってきた食パンをかじった。

どやどやと、汗と埃にまみれた一団の兵隊たちが、道路の方から降りて来た。顔も軍服もびしょ濡れで、濡れていないのは靴だけである。私たちのまわりにくると、大急ぎで、装具をとり、坐りこんでしまった。狩野部隊の機関銃隊であった。隊長は戦死し、城少尉が代理で指揮をとっていた。なかに、川岸という顔見知りの兵隊がいた。顔が変わってしまっているので、ちょっとはじめは気づかなかった。川岸上等兵は、煮しめたような汚ないタオルで首筋をぬぐいながら、いま、交替でサマットから降りて来ました、といった。

「昨夜もうこの道路まで出まして、一気にサマット山を攻撃したのです。今朝、サマット山の頂上まで行きました。この足で、憎たらしいサマットの土を、ふみつけてきました。タリサイ川の線ではひどい抵抗を受けて、そうとう、犠牲者が出ましたが、一気に押しまくりました。捕虜を、四、五十名つかまえました。女もおったようすで、ハイヒールの靴や、赤い靴下などが落ちていました。戦友のなかには、アメリカの将校が女をつれて自動車で逃げるのを見たというものもあります。私たちは昨日から、まるでなにも食べずです」

私たちが食べのこしたパンの欠片を、兵隊たちにすこしずつわけて、いかにもうまそうに食べた。

「しかし、敵の奴の腹ぺこにはおどろきましたな。壕からひょろひょろとでてくると、まるで歩くこともできないのです。いよいよ、かなわんとなると、ふらふらと壕からでてきて、ハロー、ハロー、といいながら、握手をしにくるのです。なかには飛びついてきて、頬べたにキッスをしたりする奴のあるのには、弱りましたよ。その先に行くと、遺棄屍体の山ですが、米兵はどういうものか、あまり見かけないようですな」

兵隊たちはなにかと冗談口ばかりたたいては、にぎやかに騒いだ。兵隊に煙草をやると、ああ、三日目です、といって、一本ずつ分け、いかにもうまそうに吸った。担架で負傷兵が運ばれて来た。すこし奥のところに野戦繃帯所が開設された。戦友の肩に支えられて、歩いてくる負傷者もあった。飛行機が間断なく飛んでいる。二時ごろから、前方にあたって、はげしい銃砲声がおこった。砲弾がまた飛んできはじめた。城部隊はまた出発命令が下り、兵隊たちは濡れた装具をまた身体につけて、隊伍を組み、炎熱の埃の道へ出て行った。

カトモ川の清流のうえを、まっ白に輪をなして羽虫が飛び、羽のうすいお羽黒蜻蛉《とんぼ》が二匹、しきりにたわむれながら水面とすれすれに飛んでいる。この付近には竹林が多く、風に鳴って海のような音をたてる。ここからは、カトモ川の橋梁が正面に見える。橋のうえを、しきりに部隊が往来する。戦車が通る。車が通る。大砲が通る。兵隊が通る。昨日までは敵の道であった道路を、東海道五十三次のように、いまは、日本の兵隊が陸続と通る。鹵獲された敵戦車が日本の兵隊の手で運転されてゆく。砲弾がときおり、付近に落下する。そんなことはおかまいなしに、兵隊街道の往来は頻繁をきわめる。まるで、参勤交替だね、と、向井画伯と笑った。前線はどんどん追撃に移っているらしい。

日が暮れてきた。美しい夕焼雲が空を染めた。前線に追及するために、いったんは出発しかけたが、○○司令都の位置がどうしてもわからないので、明朝、出なおすことにした。日が暮れて密林のなかにでも迷いこむと、どうにもならないからである。

先原君が、いま、そこで敵の師団長を見つけたといって、笑いながら、話した。電柱のかげで、一人の見すぼらしい年寄りの比島兵ががつがつと乞食のように乾麵麭《かんめんぽう》をかじっていた。短軀で風采はあがらず、軍服も諸所がちぎれていた。誰もあまり相手にしているようすがない。かたわらの兵隊に聞いてみると、山の中で一人でうろうろしていたので連れて来た。下士官かなんかだろうが、腹をぺこぺこにさせているようすだったので、乾麵麭をやった。ということであった。そこで、先原君はその老兵に名前を聞くと、自分はカピンピン代将だといった。先原君は、この老兵、すこし気がふれているのではないかと思って、トリガンをつれてきて、肩章をしらべさせると、たしかに代将は相違ないといった。それから、聞きただしてみると、彼はたしかに二十一師団長カピンピン代将であることがわかった。

五十五歳、彼の麾下は二十一連隊、二十二連隊、二十三連隊、外に独立工兵、その他の特科部隊で、戦争前は七千人の同勢であったが、戦争がはじまると、戦死傷や病気や逃亡やで、三千六百に減っていた。彼はサマット陣地の東半分を受けもっていた。ところが、日本軍の総攻撃と同時に、麾下連隊はばらばらになってしまい、副官たちまで彼を棄てて逃げてしまったので、山の中に一人取り残されたというのであった。先原君が、兵隊に、あんたたちはたいへんな者を引っぱって来たよ、これは師団長だよ、というと、兵隊たちははじめてあわてだしたというのである。

橋の下に、裸で入って、身体を洗った。まるで水牛じゃな、水さえ見ると入りたがる、と、向井画伯が笑った。橋梁の石崖の横に、草を敷いて露営した。

四月六日（カポット台）
ぽつりと顔に落ちたものがあるので、眼がさめた。また。蟬の小便かと思ったが、雨であった。空は曇っていて、何時ごろかわからない。装具に天幕をかぶせておいて、橋の下に避難した。ひどい降りにはならず、まもなく雲がきれて、星が見え、月が顔をだした。また、もとのところへ帰って横になった。木の枝から滴が顔に落ちてきた。うつらうつらしたと思うと、近くの森に轟然たるひびきを立てて砲弾が落下した。つづいて、つづけさまに落ちはじめた。カトモ川の両岸で炊爨をしていた火がひとつずつ消されていった。砲弾は橋梁を中心にして、しきりなしに落ちはじめた。私たちは、また橋梁の崖下に入った。敵はたしかに、この橋梁を狙っているにちがいない。私たちのいる橋梁の下とて、けっして安全な場所ではない。砲弾にたいしては安全な場所などはありはしないのだ。

私たちの頭上に直下してこない、という偶然だけによって、私たちの命は支えられているのであって、もはや、そういう不確実な希望によってしか、砲弾より逃れる術はないのである。私たちの見ている前で、砲弾のために、何人かの兵隊がやられた。トリガンが、橋脚のつけ根のところにさしてある竹筒を指さして、ダイナマイトだといった。彼は工兵であったので、それに気づいたのだ。ここへ砲弾がくれば、私たちは一人のこらず、微塵になって飛んでしまうのである。ようやく、夜が明けはじめた。砲弾は執念ぶかく、後方の砲兵陣地のあたりや、橋梁付近の森林のなかに、つづけさまに落下した。落ちる場所が近いので、そのたびに耳をつんざくすさまじい音がした。

飛行機が薄明のなかを飛んで行った。友軍の砲兵陣地からも射ちだした。私たちの頭上の橋梁の上を、がらがらと音を立てて戦車が通り、車輛部隊が通り、歩兵が通って行った。橋の下でもう煙草がのうなった、一本くれや、俺ももう品切れや、などと、兵隊たちが話している。敵はほとんど二時間近くも、ぶっつづけで射ったようである。すこしずつ、砲弾が緩慢になってきたので、私たちは橋の下から出た。司令部付近に落ちた一弾のため、下士官数名が戦死したということであった。

八時前、出発。渡辺少尉、向井画伯、鮫島君、熊井君、池田上等兵、板崎上等兵、佐々木一等兵らの一行である。トラックは来られないので、あとは別府軍曹に一任し、追及できる時機になったら追及するようにといい残した。本道上を行くと、前方の道路上に砲弾がつづいて二発落ち、赤黒い煙がまき起こった。一キロほど行ったところから、右に入った。道路の片側に多くの兵隊たちがしきりに壕を掘っていた。負傷者が四人、担架にのせられたまま、寝かされていた。私たちが道から入るか入らないかに、私たちの入ってきた道路のうえに一発の砲弾が落ちた。皆、地に伏せた。破片がとんできた。軍通の兵隊二人が道案内をしてくれるというので、ついて山に入った。日夜、遠望していたサマット山の肌へ私たちは入ってゆくのである。枝と枝とを組み合わせた深い密林は、まるで隧道《すいどう》のように頭上をおおっている。道は一米足らずの小径だ。敵の弾薬、衣服、帽子、防毒面、小銃などがいたるところに散乱していた。ところどころに、地雷の標識がしてあった。曲りくねった樹林の道を三キロほど行くと、小浦部隊本部の停止している位置に出た。はげしく銃声がすぐそこのように聞こえる。道路をはさんだ森林のなかに、多くの兵隊たちが銃をにぎったまま、ぐっすりと眠っていた。負傷者が前方から運ばれて来た。彼我の砲弾がはげしく交錯して、森林が鳴りひびいた。部隊本部の多田大尉が、昨日、ウシ、ウマ、の陣地を突破して、部隊はまっすぐ南下し、いま、堀田部隊と、岩本部隊とがカポット台を攻撃中です。この道を野砲が上がったら、カポット台はすえ置きにしておいて進む予定でしたが、野砲が通れないのでどうしてもカポット台上の道路を使わねばならず、カポット台の攻撃をはじめたのです。十時半には突入するはずです。ここから火線まで四百米もありません、と、説明してくれた。はげしい銃砲声。爆撃の音も聞こえる。森のなかに寝ころがっている兵隊たちが、いま、そこで蜂から二個所さされた、蜂くらいなんや、足がのうなるか、手がのうなるか、わからへんで、そりゃ、しかたがないわい、あれ、蟬のやつ、派手にシャワーかけやがる、などと話している。蟬の小便が小さい霧雨になって、光りながら散ってくる。給水班の兵隊が水囊かついで上がってきた。みんな飛びつくようにして、水をもらった。

砲弾がしだいに近づいてきた。みんな山へ入れとどなる声がした。藪をかきわけて、山の中に入り、大きな樹木のかげに腰を下ろした。道の付近に落ちたようである。あたりには誰の姿も見えなくなった。蟬だけが絶えず仰々しい声で鳴きつづけた。砲弾はつづけさまに森林を鳴りひびかせて落下してきた。耳の鼓膜が破れるようにひびく。下の方の岩かげに池田上等兵のいるのが見えた。その下の壕のなかに、佐々木一等兵がいた。顔見合わせると、微笑をした。敵の機関銃声がいっそうはげしくなった。時計を見ると、十時二十七分である。副官の多田大尉が、攻撃部隊は十時半に突入するはずだといったことを思いだした。突入するはず、という言葉は恐ろしい言葉である。外的なさまざまの条件を兵隊は克服して、自分の生命をその時間へ堅確にむすびつけるのだ。かすかに、突撃の喊声が聞こえてきた。砲弾が緩慢になり、銃声が遠のいた。

一人ずつ、山の中から出て来た。やあ、と、久しぶりのような挨拶をする。負傷者が担架で運ばれて来た。そこへ下ろして、煙草に火をつけてくわえさせてやったり、帽子であおいでやったりした。負傷者は子供のような若い兵隊で、大けやつ八つもひとところで食ろたわ、わやや、などと元気であった。

上の道から、いまにもたおれそうになって、きょろきょろしながら、憔悴した敵兵が二人、駆け降って来た。走っているわけではあるまいが、坂道なので勢いで止まらないのであろう。顔は汗と埃に汚れ、眼はぎろぎろと血走り、ぽかんと口をあけて、両手を機械のように上げたり下げたりしながら、兵隊たちの間を、放心したように通りぬけて行った。兵隊たちはぽかんとして見送っていた。見えなくなってから、あら何や、とおかしそうに笑いだした。

本部は前進をおこした。私たちもそれにつづいた。藪の道を二百米も行くと、台端に出て、視界がひらけた。カポット台がま正面に見え、ずっと左手の開濶地を昆虫のように戦車の並んで行くのが望まれた。前方から見とおしなので、焼けた木や竹林のある禿地を走って、谷間に飛びこんだ。ひろい芭蕉畑をぬけた。これがバナナの陣地であると思われた。マンゴの林をぬけた。カポット台の斜面に兵隊の影がちらと眺められた。道もないところを行った。やっと、カポット台の脚にたどりついた。胸をつくような斜面をのぼって行くと、息がきれた。汗が身体中を濡らした。強烈な陽の直射のために、そこにじっとしていることができない。身体をじゅうぶんにはかくすことのできない低い竹の茂みに、腰を下ろした。そこも風がないので、熱気が胸につきあげてくるように暑かった。水筒の水をがぶがぶとのんだ。カポット台の斜面に腰を下ろすと、サマット山の頂上がま正面である。芭蕉畑の明瞭ななだらかな勾配。もくもくと光る雲。下の平坦地の各所から、白い煙が上がる。兵隊がさっそく、炊爨をはじめたのだ。砲弾がときどき頭上をかすめて、飛んで行く。どこに落ちているのかわからない。圧搾口糧を出して、すこしかじってみたが、口のなかがすぐ乾いて、咽喉を通らなかった。飯盒の蓋に入れ、水で溶かすと、ふくれてきてオートミルのようになった。水で流しこんだ。

密林のなかに入って、休憩した。木や枝や竹がからみ合っているので、深くは入りこむことができない。上半身だけで、腰からさきは陽ざらしだ。強いて入りこもうとすると、顔も手も傷だらけになる。姿は見えないが、やはりむりやり藪のなかに入りこんだらしい兵隊が、わ、まるで夫婦喧嘩のあとみたいになったわ、ほう、お前とこのはそうなるのか、お前とこはならんか、俺のところはもっと大きな傷がつく、などと話している。

米兵の捕虜が三人、針金でつながれて来た。はじめて見る米兵である。一人はそうとう年配の背の高い男で、下士官らしく、あとの二人はまだ若かった。軍服は汗と埃にまみれ、いずれも汚れくさった顔をして、まぶしそうに眼を細めていた。私は米兵を見たときは、なにか大らかな安堵の気持のわくのをおぼえた。私は支那の戦線で多くの捕虜を見たが、その同じ皮膚の色と、あまりにも似ている顔立ちとに、常にある困惑の気持をおさえることができなかった。比島の戦線にきても、比島兵を見ると、やはり似かよった感慨がぬけなかった。いま、米兵を見て、私ははじめてのように、われわれの戦いの意義をきびしいばかりに痛感することができた。小さな人道主義はもはや感傷にすぎないのである。われわれはわれわれの怒りと憎しみとを、神聖な、より高いものに昂揚することは、われわれの義務なのである。

米兵の捕虜のうしろに十名ばかりの比島兵もいた。

○○部隊長に会った。思慮と勇気とが顔にあふれているような人である。

「現在この地点はカポット台のビワの陣地の一部です。カポット台は敵の主力陣地で、敵はここで日本軍の進撃を阻止するつもりであったようです。ナシ、ビワ、ミカン、ユリ、ヘビ、などの陣地をすべてとりました。この陣地は観測所から見たときに、明瞭に襞《ひだ》の深いくの字陣地に見えたのが、ここで、ビワの陣地です。米兵を捕えたのはユリの陣地でした。穴の中にかくれていて、兵隊に手榴弾を投げておいて。手をあげるのです。しまつがわるいです。どうせ負け戦さだし、抵抗していれば命があぶないので降参したといっています。野砲一門と速射砲四門をとりました。小銃弾薬はいつでも棄てて逃げるので、無数です。比兵の捕虜は運転手のようですな。中隊長も小隊長もとても勇敢です。いっせいに喊声をあげて突っこみました。敵は弱いけれど、生蕃《せいばん》と同じで、穴の中にかくれてそばまでくるのを待っていて、ふいにやるのであぶない。トラの陣地は十八時から攻撃します。山本中隊がいま展開中です。友軍の砲兵に射ってもらっているが、なにしろ遠いうえに、こんな地形で迅速に連絡はできず、味方を射たんようにするには、なかなか骨がおれます。展開した部隊の両端に黄龍をあげて、連絡をとっています。敵砲兵はオリオン山のがいちばんさかんですな。自分もさきほど、バナナの陣地の堀田少佐のところに行ってから、本部の位置にかえってきたら、留守の間にそうとう砲撃されたらしく、兵隊がやられていました。運ですね。司令部で即死した兵隊は私の方から養子にやった兵隊で、よい兵隊でした。バタアンのいくさももう山が見えましたな」

話しているところへ、戦車隊から連絡の兵隊がきた。

「連絡に参りました」

「そうか、ありがとう。初期の戦闘に的確に協力してもらったので、おおいに助かった。園田隊長によろしく伝えてくれ」

「隊長殿は戦死なされました」

「なに、園田大佐が？　それはいつだ？」

「今朝であります。砲弾の破片を受けて、なくなられました」

「そうか、昨日まではあんなに元気にしていたのに」

○○部隊長は蕭然《しょうぜん》とした思いに駆られたように、つぶやいた。

「帰ります」

「ありがとう」

戦車隊の下士官はカポット台の斜面を降って、かえって行った。

六時になると、トラの陣地の攻撃がはじまったらしく、友軍からの砲弾がわれわれの頭上をすぎて行った。はげしい銃声がおこった。飛行機が旋回をはじめると、下から機関銃で射撃する音が聞こえた。三十分ばかりしたときに、トラの陣地を確保したという報告があった。

藪のなかから、さっきの二人の米兵が並んで出てきた。うしろから兵隊がつないだ線を持っていた。台の中央あたりに来て、二人の米兵はぼんやりと立ちどまった。見ていると、並んで小便をはじめた。

あたりはたそがれてきた。ナチブもサマットも、起伏の低い森林や谷間も、黄色いきび畑も、蒼茫と暮れてきた。○○部隊長が台上に出てきた。

「よい景色ですな」

と私はいった。

「古戦場というのは、みんな景色がよいですな。山あり、谷あり、川ありで、それでなければまた戦さはできませんからね。今朝、十一時に、このカポット台を確保したのですが、飛行機が偵察したときには、地形がほとんどわからず、こんなにやっかいとは思わなかった。ジャングルで勝手がさっぱりわからず、竹がまたやっかいで、刺があって通れない。十時半に突入を命じたんですが、どうなったものやらわからない。十一時ちかくになって、向こうの禿の台地、ナシの陣地ですな、あそこがまっさきにわあと突っこんだ。それから、つぎつぎに、わあわあという喊声がきこえた。あの、わあっというのが聞こえんと、どうもさっぱりせんです。精神教育というものは恐ろしいものので、この部隊は日ごろから楠公精神で鍛えてあるので、なかなか兵隊は強いです。兵隊は帽子やシャツなどに、菊水の模様をつけているでしょう。兵隊は死ぬものだという覚悟はりっぱです。算盤をはじいていた者が多く、鎌や斧や鋸を使ったりすることは下手ですが、戦闘に不覚はありません。敵は支那兵より弱いようですね。一人一穴で、穴のなかに入っていて、点呼など穴に入ってやっていたようです。調べると空の穴がある。はじめはやかましくいっていたらしいが、しまいには、食糧をとりに行ったとでもいうと、別にくわしく聞かなくなったといいます。あんまり逃亡兵が多いので、文句がいいきれなくなったのでしょう。濠州もこの勢いでいっきょにやるんですな」

斜面に平行して天幕を敷いて寝た。だんだんすべり落ちてきて、なかなか眠れない。いろいろな虫がやってきて、ちくちくと刺した。

四月七日（リマイ山）

斜めにさしてきた陽のなかを、谷地にそうて低く、青、茶褐、黄の羽根の美しい大きな鳥が、ゆうゆうと飛んで行った。七時ごろにはもう飛行機が飛んできて、友軍の砲兵が射ちだした。右翼隊の方角である。台上のいたるところの茂みのなかから、ゆらゆらと煙草の煙があがる。兵隊が脱糞をしているのである。台上からナチブの方を見下ろすと、遙かな幹線道路のうえを、遠慮もなく土埃をまきあげて、自動車の往復しているのが見られた。

九時出発。いくらも行かないうちに、第一線は交戦中で前に出られず、道路端に停止した。そこに、敵の宿営地のあとがあった。そうとうの大部隊がいたらしく、竹と木とで組んだ兵舎が何十段となく並び、特別に将校室などもこしらえてあった。地図、書類、弾薬、衣服、武器、通信器材などが無数に遺棄されてあった。野戦繃帯所らしいものもあり、衛生材料も多く棄ててあった。穴を掘って、担架のまま屍体を投りこんであった。土の中に竹がさしてあって、上の方が四角に切りひらかれ、そこからなにか流しこむようなしかけのしてあるところが、数ヵ所あった。この下になにかあるかもしれんと、兵隊たちは掘りかえしたが、それは便所であった。

二時ごろ、前方に出ている堀田部隊のところへ行った。堀田少佐は渡辺少尉の予備士官学校時代の教官であったということである。トラの陣地を攻略した部隊である。黒眼鏡をかけた堀田少佐は、昨日の戦闘の話などをした。渡辺少尉が、私たちが初年兵のころ、教官殿が太平洋を中心とする日本の経済などという話をされて、大きな話をすると私たちは煙にまかれていましたが、いま、やっとわかりました。というと、堀田少佐は会心の笑みを浮かべて、俺のいうとおりになってきたろうと、笑った。

道路をはさんだ森のなかに、多くの兵隊たちが休憩していた。堀田少佐と話していると、一人の下士官が来て、敬礼をした。

「ただ今、戦死者の火葬を終わりました」

「そうか」

そういう会話がいまは日常茶飯事のごとくかわされるのである。それは麻痺してしまったということではけっしてない。もはや覚悟というものが、特別によびさまされる感情ではなく。兵隊の肉体そのものになった、ということである。

寝ころがった兵隊たちは、おたがいの肩を按摩しあったり。煙草をわけあったり、どこかにあった金のカップを面白そうにたたいたりしている。やがて、部隊本部がやって来た。○○部隊は予備隊になるということであったので、われわれは暇を告げて先行した。

埃の道を電話線にそって行った。一時間ばかり歩くと。多くの部隊が進軍をしている山道に出た。汗にまみれた私たちは斜面に腰を下ろして休憩した。右側の山腹を縫っている道は、いったん左に坂を下ってきて、そこからまたまっすぐに登り坂になり、そのずっと上に、また左へ登る山道があった。その道をいっぱいにあふれながら、いろいろな部隊がひっきりなしにえんえんとつづいて行った。私たちも斜面を降り、その列のなかに入った。坂道を一歩一歩押しあげるようにして登った。山頂の道路に出たとき、前方から敵戦車だと逓伝してきた。道路上の兵隊はいそいで、藪のなかに入った。地雷を持っているものは出せ、各分隊から一人ずつ出て来い、とまた怒鳴ってきた。兵隊は大いそぎで準備をした。こりゃ敵の最後のあがきやな、生意気しよる、戦車なんてこわいことあらへんで、正面に出て、ぽかんと打っつけや、など、藪のなかで兵隊たちが話しあっている。地雷を持った兵隊は悲壮な顔をして、道路にとびだした。しばらくたったが、いっこう、なんの音もしない。余興であった。道路に出て、百米も行かないうちに、マンゴの木のある台上に出て、そこに、○○司令部があった。

友軍の戦車やトラックがずらりと並んでいる。マンゴの木の根に五、六十名の捕虜が坐りこんでいた。その中に、米兵が三人いた。いずれも戦い疲れた、汚れた顔をしている。投降して来たらしく、急ごしらえの白旗を一人の捕虜が持っていた。やがて、奇妙な捕虜の一団に眼をとめられた。十人ほどの比島兵が一人の米将校を転がし、こづきまわしながら、近づいてくるのであった。大兵のその米将校は大尉の肩章をつけていたが、不愉快そうに渋面をつくっていた。ちょび髭を生やした先頭の比島兵は、これは米兵の督戦隊長ですといった。それから、ひとりごとのようにぶつぶつと、こいつがわれわれを前線に出して、うしろから督戦するので、われわれはしかたなく戦わねばならなかった、われわれが食うや食わずであっても、こいつはちっとも同情してくれん、こんなのも、と、督戦隊長のポケットから携帯口糧の罐詰をひきだし、自分たちばかりで食っていて、われわれにはいっぺんもくれたことがない。そういいながら、その罐詰をこじあけ、仇討ちのようにむしゃむしゃと食べはじめた。この付近は米正規兵が守備していたところで、激戦の行なわれた場所であるということであった。いたるところに、米兵の屍体が転がっていた。なかには勇敢な米兵もいて、最後までマキシム機関銃を操作し、蜂の巣のように刺されて死んだのもあるということであった。

○○部隊長にお目にかかった。敵にたちなおる余裕をあたえないため、はげしい追撃前進が行なわれた。

埃の中の急行軍。汗と埃とにまみれる。蹴たててゆく足もとから、黄塵がまいあがり、前方の見通しがきかなくなる。焼けつく陽がじりじりと照りつけてくる。戦車があたりいちめんに埃を舞いあがらせながら、部隊を追いぬいてゆく。前方にあたってはげしい銃砲声。われわれの隊列はすこし異様な風貌を呈してきた。われわれの列のなかには多くの比島兵がまじっていた。荷物をかついで比島兵たちは、部隊といっしょに進軍した。まるで、日比連合軍じゃな、と、私たちは笑った。

われわれはリマイ山へしだいに入ってきたようである。坂が多いので、息ぎれがしてくる。起伏と傾斜のはげしい山腹に道がつくってあるので、道は登り降りがはげしく、また、蚯蚓《みみず》のようにうねり曲がっている。歩いていると方角も距離もわからなくなる。歩いたわりには、そんなに道がはかどっていない。一時間も前に歩いた道が、ひょっくりと、谷を隔てた向こうに見えることもある。戦車がくると、兵隊は道を避けて、殿様のように通過させた。装具の負紐が胸をしめつけてきた。私たちは何度も休んだ。いちばん年よりの向井画伯はなかなか元気である。胸の前に、いつか、デナルピアンの教会堂から持って来た鼻かけのマリア像をぶらぶらさせながら、歩いた。

日が暮れた。○○司令部とともに、竹林の中に入った。暗くてわからないので、足さぐりしながら、藪のなかに入りこんだ。降り落ちるような、きらびやかな星空が仰がれた。もう私たちは食糧を持っていなかった。藪のなかに着のみ着のままで仰むけになった。部隊長がお呼びですという声を聞いて、藪のなかを出た。天幕のうえに部隊長はおられた。まっ暗で顔はわからなかった。部隊長はていねいな口調で、いろいろな話をされた。先鋒が勇敢に闘ったので、敵は潰走したが、そうとうの犠牲も出たので、交替させようと思ったが、まだ戦力があるといって後退しない。大きな戦果が着々とあがった。三小田部隊は車輛四十、砲六門、戦車三をとった。戦車二台は動くのでさっそくつかっている。山田部隊は捕虜七百名以上を得た。敵は疾風射という無茶な射撃をやるが、兵隊は命ぜられたところはあくまで取るという精神だ。幹部はだいぶやられたが、それでも元気はおとろえていない。負傷者を隊長が見舞ってやると、みんな、すみません、という。話していると、○○部隊長が連絡にきた。暗くて道路捜索が困難なので、明日やる、本部を敗残兵に襲撃されて怪我人がでた、ということであった。敵の遺棄した地図のうえに、天幕をかぶせ、その中に懐中電燈をともして、新しい進路が研究された。私は藪のなかへ帰った。

遠くで聞こえていた砲声がしだいに近づいてきた。曳光弾がきて、ぼうっとあたりが赤くなった。砲弾が頭上をうなってすぎはじめた。弾着が近くなってきた。無電機をおこしたので方向を探知されたのかもしれない。いよいよ砲弾は近くなった。私たちはすこし下った藪の根に来た。どこにも安全な場所はなかった。暗闇のなかで、ざわめきが聞こえた。私は、小隊員はばらばらになるな、といった。私の右横に渡辺少尉がいた。左下のところに、向井さんが寝ころんでいた。地ひびきと轟音とが同時に聞こえて、藪をとおして、眼の前に火柱がたった。仰むいて、夜空を見ていると、赤くなったり青くなったりしている星がある。月のように明るく光る星がいくつもあった。オリオン星座や南十字星が手ではらえば落ちそうに近く眺められた。虫が鳴いている。砲弾はつづけさまに近くに落ちた。十二時ちかくになって、やっとやんだ。

四月八日（イランガン河畔）

マリベレス山は火山である。地図をひらくと、熔岩が流れだしてきて半島を形成したことがよくわかる。道は火山灰なので、われわれは道の底というものを踏むことができない。灰の波のなかを、兵隊と馬と車とがひしめきあいながら、進行してゆく、踵《かかと》まで埋めてしまう黄塵のために、前後左右はまったく見わけることができなくなる。山は皺《しわ》くちゃであるといった方が早いほど、起伏に富み、重畳した渓谷にみたされている。ほとんど平らな道というものを歩くことがない。登りでなければ、降りである。

登りになると、兵隊は、えいさ、えいさ、とかけ声をかけて登ってゆく。砲車などを引きあげるのがたいへんだ。兵隊たちの服は汗に濡れ、顔は黒く焦げたうえに埃だらけになり、肩に食いこむ背負袋や装具を、はねあげはねあげ、歯を食いしばって行軍してゆく、咽喉がかわくので水筒の水はすぐになくなってしまう。兵隊のなかには、比兵の持っていた水筒と二つぶら下げているのもある。やけつく炎熱である。水筒に水を入れても、十分もたてばたぎって熱湯になってしまうのだ。ところどころにたおれている兵隊があった。戦友が介抱していた。日射病か、あるいはデング熱かマラリアにかかったのに相違ない。道路傍に休憩している兵隊たちは、背負袋にもたれかかって仰むけになり、ぐっすりと眠っている。誰か起きていないかと思ってみても、起きている者はひとりもない。行軍してゆく部隊が遠慮もなく、彼らへ土埃をかぶせてゆく。私の口のなかもかじかじと音がしはじめる。昨日の十一時ごろ、飯を食べたきりなので、腹がぐうぐう鳴る。しかし、兵隊たちは急進撃のために、二日以上もなにも食べていないのである。眼も鼻も灰にまみれ、唾をはくと、黄色い唾が出る。灰神楽のなかを、山を越え、谷をわたり、兵隊の列はとめどなく流れる奔流のように、必死の形相をもってあふれてゆく。私はその流れのままに押しながされてゆきながら、この兵隊の奔流に涙の出る思いになる。どこにも新しい戦場というものはありはしない。私たちが、支那で兵隊であったときと同じように、ただ、変わりのない兵隊の勇気があるばかりだ。進歩した考えなどはまるで浮かんでこない。兵隊は使命感にあふれている。それを意識するとしないとは問題ではない。私はこの雄渾な兵隊の奔流はそのまま神話の世界からじかにつづいてきているような感動をうける。兵隊はその気魄と勇気とをもって、つぎつぎに新しい地図を描きひろげてゆくのである。

山の中に、敵のさまざまの自動車が、斜面にころがったり、腹を見せて転覆したりしている。砲を積んだ自動車もあった。衣服、弾薬などは無数に散乱していた。

やっと、渓流に出た、マニラ川である。さっそく、谷間に降りて、がぶがぶと水をのんだ。兵隊たちも水をのみ、水筒に汲んだ。渓谷は蓊鬱と繁茂した原生林におおわれて、太陽からさえぎられている。池田上等兵、佐々木一等兵、板崎上等兵の三人が飯盒で炊爨をはじめた。鰯の罐詰を切って、汁をたいた。うまかった。盆と正月とがいっぺんにきたようだな、と笑った。飛行機がしきりに飛んで、前方で緩慢な砲声が聞こえた。敵は潰走しているに相違なく、抵抗力はいちじるしく弱まったように思われる。水のうえを赤い背の美しい蜻蛉が飛び、あめんぼうが流されてはまたのぼり、また流され、根気よく同じことをくりかえしている。たえまなく、さらさらとながれるせせらぎの音。兵隊たちもおおぜい降りてきて、洗濯をしたり、炊爨をしたり、身体を洗ったりした。

十一時ごろ出発し、二時間ほどまた、灰の道を進んでゆくと、最前線に出た。○○部隊がいて、このさきに友軍は出ておらず、斥候が道路偵察中ということであった。すこし左に入ったマンゴの木の下に部隊本部があった。そこへ行った。かわるがわる戦闘の状況を聞いた。三小田少佐は豊かな鼻髭と顎髭とをたくわえ、古武士の風格があった。

「兵隊のよくやることはなんともいいようがありません。タリサイ川の渡河戦から、ヤシの陣地の攻撃でそうとうに兵隊を痛めました。タリサイ川では、小隊長二人戦死し、機関銃隊長もやられました。多数の犠牲者を出し、中隊長、小隊長の損害が多く、ある中隊のごときは曹長以上が一人しかおりません。分隊長も下士官は少なく、命令受領なども、上等兵がやってきます。しかし、残った兵隊はなお士気旺盛です。七日、昨日の夜でした。木村中尉の率いる尖兵中隊が、部隊の前方を前進し、その前を山添少尉の尖兵小隊が行っていたのですが、三叉路でとつぜん敵戦車に遭遇しました。軽機を射ちかけて、これに突撃しましたところが、すぐに手をあげました。三台いました。すると、また、牽引車の音が聞こえてきたので、戦車がつづいてくると思い、肉薄の準備をしました。やがて近づいてきた車輛に向かって攻撃しました。なにしろ、夜ではあるし、暗いので、よく情況がわからない。ともかく、一台ずつ戦果を拡張して行ったところが、後方の車輛はいくらか逃げたようでした。それでも四十四車輛もいて、中に、十榴加農六門と、弾薬を無数に積んでありました。しばらくすると敗残兵が集まってきて発砲しかけてきましたので、これと交戦して追っぱらいました。それから、また、捕虜の話で、つぎの車輛がくるはずだということでありましたので、準備をして待ちましたが、敗残兵でも知らせたのか、音だけは聞こえていたようでしたが、やっては来ませんでした。そのあと、右左から砲弾を受けましたが、味方に損害はなく、焼けた自動車に積んであった砲弾や小銃弾がぽんぽん炸烈し、狭い道は通れず、これには閉口しました」

話をしている途中、○○部隊長が、二時には前進をはじめようといった。三小田少佐は、ちょっと話をやめ、ふりむいて、部下の兵隊に、斥候を呼び返せといった。○○部隊長が、

「斥候と連絡がつくか」

「進路を標識してあるはずですから、すぐわかります」

と、三小田少佐は答えた。

児玉少佐はぽつりぽつりとはじめた。

「ウシ、ウマの陣地突破のときには、ずいぶん兵隊を痛めました。五日の十五時にはじめたのですが、薄暮までかかりました。昼ごろまで地形偵察をして研究したのですが、ひどいジャングルで、飛行機や砲兵の協力もできにくいので、肉弾突撃をする決心をしました。谷に反斜面があって、重火器をならべ、木の上や、根元、谷地などに、縦横に陣地をつくり、掩蓋をもうけ、重畳式に撫射ちのできるようにしてあった。こんな陣地は半日くらい偵察しておいてやるのがほんとうであるが、そんな余裕がない。軍の作戦に呼応して、強行突破を決意した。いよいよ攻撃をはじめてみると、敵は思ったにたがわず、むちゃくちゃに射ってくる。こんなに敵弾を浴びた経験はありません。喊声をあげて突撃すると、中隊長が三人も相ついでやられました。小西機銃隊長は戦死しました。砲の協力がないので、機関銃をやたらに射ったので、狙われたのでしょう。戦死二十八、負傷三十七を出しました。敵は山のように遺棄屍体をのこして退却しました。迫撃砲六門、機関銃十挺、自動火器約六百が打ち棄てられてありました。味方はまったく、戦友の屍を乗りこえてゆくという状態であったのです」

剛直な風貌の山口少佐は、刀のうえに両手をかさねながら、話しだした。

「五日の午後、サマット東北麓の戦闘を終わって、敵の猛烈な抵抗を排除し、これを撃退して、私は追撃隊長となったのです。サマット東側の路を終夜前進して、南へ下がりました。月のない前半夜、東の方向に相当数の自動車エンジンの音を聞いて、自動車の前方に出ようというので前進しました。まもなく、尖兵は夜の中で、敵と遭遇して、敵はマキシム機関銃を射ってきましたが、突撃すると、敵は退却して、捕虜二名をとらえました。尖兵隊長の高橋少尉というのは、剣道三段で、腕もつよいが、気もつよい男です。捕虜の話によると、後方に師団司令部があって、一個連隊集結しているという。案内させてゆくと、四、五名しかいなくて、抵抗したので、三人捕えた。そこは師団司令部ではないらしかった。なおも、南進してゆくと、とつぜん、闇のなかで、また、敵とぶつかりました。射ちあいがはじまったが、後方にそうとうの兵力がいるように思われ、なにぶん暗さは暗し、まるきり蜂の巣をつついたようなさわぎだ。そこで、通訳に、大きな声で、射撃を待て、と怒鳴らせると、やっと少し静まった。それからまた大きな声で、お前たちは手をあげて投降すれば、命は助けてやる、といわせると。いっせいに拍手がおこった。やがて、かちゃかちゃと銃を棄てる音がした。そこで武装解除をはじめたが、なにしろたくさんの敵兵なので、三時間もかかった。七百三十八名いました。中には将校も相当いて、米人の佐官六名がいたということでしたが、逃亡していませんでした。これは敵の二十二連隊です。このあとで、連隊長以下、二十数名の幹部が、部下がみんないなくなったので、児玉部隊の方へ投降してきました。七日の朝になって、リマイ山のすこし北で、米正規兵と衝突しました。お陽さんと朝霧とで、まるきり向こうが見えない。敵はジャングルを利用した陣地にいて、その斜面をひっきりなしに射ってきた。前に出た部隊とどうしても連絡がつかない。伝令を出すと、はしからやられる。一回、二回、と突撃をしたが成功せず、やっと三回目に成功しました。敵の中には、最後まで、壕のなかでマキシム機関銃を射っていた米兵もいました。米兵はそうとうたくさんやっつけました。将校は全部傷つきましたが、兵隊はまったくえらいと涙がでました。敵陣へ最後の突撃をしたとき、陣地のうしろで、誰か調子よく君が代を歌うものがあるので、樋上中隊長がふりむいてみると、三浦役松という兵隊があけに染まって倒れながら、歌っているのでした。君が代を歌い終わらないうちに息を引きとりました」

　二時半に部隊は前進をはじめた。曲がりくねった埃の道を行くと、樹間から、ちらほらと、青い海が散見した。前衛とともに前進した。駄馬部隊が通ると、兵隊たちが、石松もようけ荷積んどるなという。馬の名らしい。こんなきたない顔、わざわざしようとてできへんな、お前、飯待ってるか、トントンでワンラや、なんでもええ、カイカイデで行こう、など兵隊たちは話しあいながら、黄塵の道を進軍した。

　日暮れ近くになると、前方ではげしい砲声がおこった。山砲前へ、機関銃前へ、と前方から逓伝してきた。山砲と機関銃とが土埃をまきあげながら、わっさ、わっさ、と、前線の方へ出て行った。あちこちで火災が起こっている。一つの道をいくつもの部隊が、道いっぱいにあふれひろがりながら、通る。○○部隊に出あった。部隊長は例の杖をついて先頭を歩いていた。小柳君も山口君も宮西一等兵も元気である。山口君はサマットの頂上にのぼり、観測所の石を蹴とばしてきた、といった。○○部隊ですこし先の道から、山の中に入るということであった。

　日が暮れはじめ、暮れた。向井画伯、鮫島君、熊井君、板崎上等兵などと、はぐれてしまった。前方にえんえんと火災が起こっている。まっ暗のなかで、道はたいへんな混雑である。夜行軍する部隊が、肩を接し、馬も車も、兵隊も、ぶっつかり合いながら、闇夜の街道を、押し流されて行った。
イランガン川の渓谷に降りて、藪のなかに露営。汗と埃にまみれたまま、ごろ寝である。渓谷に降りて、顔を洗った。向井画伯の一行も付近にいることがわかった。寝ころんでいると、ごうと山鳴りがして、はげしい地震に身体をゆすぶられた。

四月九日（アモ河畔）
細い月が出ているけれど、いくらか明るい。道路上に整列して、出発した。鳥がしきりに鳴いている。昨夜の火災はイランガン川の向こう岸の竹林で、朝になっても燃えのこり、煙が朝靄のように、渓谷のうえをながれていた。海岸ちかい方で銃砲声が聞かれた。また、灰神楽のなかの進軍がはじまった。山を越え谷をわたりして進む。口も眼も開けてはいられない埃の道である。馬も痩せた。道端の笹をしきりに食っていた。行軍中に、山鳴りがして地震がおこった。行くごとに増してくる比島兵捕虜を加えて、日比連合軍の行進である。なかには、荷物をかついでいる米兵の姿もあった。山道はまっすぐに百尺以上も伸び、蓊鬱と繁茂した大原生林にとりまかれてきた。日本の兵隊も日に焦げ、埃にまみれ、比島兵と区別がつかなくなってきた。
ラオマ川に出た。九時であった。すきとおった水の飛沫をあげる清流である。敵は潰走してしまったものか、活発でない銃砲声がときどき思いだしたようにしているきりである。友軍は各部隊とも東西をつらねる線におおむね平行して進出したらしい。ラマオ川の岸は多くの部隊で混雑をきわめた。川をわたるとすぐ坂道になっている。仰むけに引っくりかえった自動車が川のなかや、川岸に何台も投げだしてある。どれにも、U.S. ARMY のマークがある。橋のないラマオ川を、車や馬の大砲や兵隊がひしめき合いながらわたり、進発して行った。私たちは石河原で炊爨をした。川岸には羊歯《しだ》類が叢生し、川岸には湯の花のような青白い苔が水のながれにたゆとうていた。私たちはありたけの現品をたいてしまった。部隊も追撃がはげしいので、後方からの補給がつかんらしい。兵隊はもうまる三日も、水ばかりのんで進軍をつづけているのである。

十時半、○○司令部とともに出発。自動車が坂の中途に数も知れぬほど放棄されている。衣類、弾薬、書類、小銃なども積まれたままになっていた。起伏の多い埃の道を行った。灌木林のなかに、将校の宿舎でもあったらしいトタン屋根の小屋があった。私たちはそこで休んだ。小屋の中には三つ寝台があり、乱雑な遺棄物のなかに、トランプ札が散乱していた。そこはちょうど三叉路になっていた。私たちが草のうえに腰を下ろしていると、奇妙なフィリピン人が二人やって来た。はじめ、われわれに気づかず、左の方の道から、こっそりと足音をしのばせるようにして出て来たので、われわれは声をかけた。こちらを見ると、にこにこと作り笑いをしながら、近づいてきた。トルコ帽をかぶった方の一人は背が低く、ガソリン罐や、ゴム靴を両手にぶら下げ、鉄兜をかぶっている背の高い方は、右手に防雨外套や新しいズボンをかかえ、左手に空の水筒をぶら下げていた。彼らは身体で調子をとるようなはしゃいだようすで、どこかに水はないか、われわれは二日間も一滴の水ものんでいないといった。背の高い方は、水筒をぶら下げて、そのへんをうろつきまわり、水を探しているようすであったが、どこにもないので、眉をよせ、しきりに舌打ちをした。しかし、私たちが彼らの挙動で、それはお芝居にちがいないとさとった。彼らはもともと兵隊なのであって、逃亡をしようとくわだて、いままでの衣服はすっかり棄て、どこかで、上から下まで新しいものづくめに着換え、ここまで出て来たのだ。そして、もし見つかったら、水をさがしに出たといおうと申し合わせをしたにちがいない。背のたかい方は折目のついているズボンをはき、前の小さいポケットに、時計の金鎖をのぞかせていた。彼らは両のズボンから、何枚も投降票を出した。そして、しきりに、われわれは兵隊ではないと弁解した。のっぽの方はきわめて陽気で、手や足で拍子をとって踊るようなかっこうし、口をとがらし、両手でクラリネットを吹くしぐさをして見せた。口で、タラッタタッタ、タラララと、笛の真似をした。背のひくい方が、この男は楽手だといった。板崎上等兵が、持っていたハーモニカをわたして、吹いてみろ、というと、すぐに受けとって、子供が鳴らすように、ただ、息を出し入れしながら、鳴らした。吹けそうなようすもなかった。彼らは思いだしたように、頓狂な声を立ててげらげらと笑った。荷物をかつがせて、つれて行くことにした。棒切れを切ってきて、荷物を吊るし、かつがせて行った。まるでチンドン屋みたいだ、というので、向井画伯が、背のひくい方に、チン、背の高い方に、ドン、という名をつけた。彼らは自分たちの新しい名を珍しがり、スペルはどうだなどと聞いた。ドンの方は胃病とかで、青い顔をし、荷物をかついで行くと、大した重い荷でもないのに、ふうふうとためいきをついた。川のところへくると、荷物を下ろして、がぶがぶと水をのんだ。

私は、向井画伯、鮫島君、熊井君と先行した。○○司令部に連絡に行った渡辺少尉は見あたらなかった。坂の登り降りはずっとひどくなって、上るときには胸をつくように一歩一歩登り、下りには、勢いがついて止まりようがなかった。灰の道を行った。途中、これまでたくさんいた部隊をあまり見かけなかった。それに気がつくと、あたりは妙に静かである。砲撃もしなければ、銃声も聞こえない。嘘のように静まりかえっている。私たちは道を急いだ。ひとつの峠に出たときに、前方に海が見え、すぐ間近に、大きなコレヒドル島が望まれた。このあたりは海岸に近いらしく、これまで見かけなかった椰子林が前方につらなっていた。青黒い肌のコレヒドル島はカポックの梢を透して、傲然と横たわっていた。なおも、道を急いだ。

すこし行くと、大きなマンゴの木の下に、数百名の米比兵が、円陣をなしてかがんでいた。マンゴの木に、急造の大きな白旗が立てかけてあった。戦い疲れたように、多くの汚れた米兵が、ぐったりと前後不覚になって、たおれていたが、担架にのせられた負傷兵もいた。敵は降伏してきたものと思われる。銃砲声のしないことが、はじめて諒解された。

私たちは歩度を早めて、アモ川をわたった。いくつも坂を越えてゆくと、いちばん高い峠に出た。埃と汗と、装具で胸がしめつけられ、呼吸をするのも苦しかった。その峠で、○○部隊長と敵軍使との会見が行なわれていた。渡辺少尉もそこにいた。白旗を立てた二台の自動車が止まり、二十名近くの米軍の将校がかたまって腰を下ろしていた。自動車に乗ったままのもいた。すこし、奥まった山のなかで、会見は行なわれていた。

頭のきれいに禿げあがった長身の米将校は、旅団長アイヴス大佐であった。腰には水筒と拳銃の弾丸入れだけをつけ、面長の顔には銀縁の眼鏡をかけ、ちょっと軍人とは思えなかった。態度はどこかのんきらしく見受けられた。田中少尉が通訳をつとめ、会談がすすめられた。

「貴官はどういう資格できたのであるか」

「自分は、東部地区担当の旅団長であります。麾下の連隊長二名と、砲兵司令官、その他の幕僚をしたがえて来ました。キング司令官は今朝の午前六時半に降伏を声明したのであるが、戦線が混乱状態におちいったために、命令を徹底させる方法がなかった。伝達することのできた部隊は、正面の日本軍のところへ、いずれも降伏を申し出ているはずです。自分は可能な範囲で、麾下部隊の兵力だけはまとめておいてきました」

「貴官は全面的降伏というが、まだ、射撃をしているではないか」

「それはコレヒドルが射つのです。コレヒドルのことは、われわれは関知しない。また、他地区のことも、われわれとは無関係である」

「貴官はいくつになる」

「五十五歳になる。もう、年をとり過ぎました」

「煙草をのまないか」

「いや、私はこれがよい」

アイヴス大佐はポケットから愛用のマドロス・パイプをだして、口にくわえた。

「自分はシンガポールの落ちたことも、蘭印軍がわずか十日たらずで、全面的に降伏したことも知っている。日本軍はりっぱだ。すこしも疲れるということがない」

そういって、アイヴス大佐は首をふったが、それは自分の麾下部隊のだらしなさを自嘲しているようにも見うけられた。アイヴス大佐は頭痛がするというように、右手で顳顬《こめかみ》を何度ももんだ。

ふたたび追撃前進がはじめられた。午後二時、各部隊に進撃命令が発せられた。

私が藪のなかにいると、一人の若い比島兵が、アイヴス大佐以下は降伏を申しこんできたのかと聞いた。私がそうだと答えると、彼は急に晴れやかな顔になり、いきなり私の手をにぎってゆすぶった。自分はこれらの米兵のために戦場に追いだされた、すべてなにもかもおしまいだ、自分はうれしい、とそう早口でいいながら、この比島兵は眼に涙をためていた。藪の入口のところにいる米将校は、ぞくぞくとつづいてやってくる比島兵の捕虜を見て、いやな顔をしていた。比島兵の方は米将校をじろりと睨む。砲兵司令官がいるというと、砲弾になやまされた兵隊たちは、どれや、どれや、はあ、こいつか、などといいながら、顔をのぞきこんだ。米兵の幕僚たちは妙にちぐはぐな表情をして、あとからあとからと自分たちの横を通ってつづく日本軍をながめていた。

その峠をくだって、小さな川の縁に出た。そこから、また、灰のようなぼこぼこの坂道をあがると、五間幅くらいの大道に出た。マリベレスへ通ずる幹線道路である。そこは、たいへんな混雑であった。道端の広場に、何千ともしれぬ難民が群れていた。

彼らは炎天の下に、立ったり坐ったりして、たむろしていた。男も多く、女や子供や老人もたくさんいた。彼らは思い思いにさまざまの白旗をつくって持っていた。白布、ハンカチ、マフラー、衣類の切れはしなどで即製の旗をこしらえ、なかには白の猿又を竹棒のさきにくっつけているのもあった。頭に白い布をまきつけているのもあった。なんでも、白いものでありさえすればよいというつもりらしい。彼らはいちように見るかげもなく憔悴していた。彼らは各地から、しだいにバタアンのなかへ追いこまれて来たものであろう。わずかな風呂敷や、袋を後生大事にかかえていた。なかには、石油罐を虎の子のように抱いているのもあった。

しかし、ほとんど、ものをいう元気もないらしいのがたくさんあった。袋でこしらえた急造の担架にぐったりとなって横たわっている老婆もあった。子供たちは骨と皮ばかりのように痩せ、落ちくぼんだ眼窩に眼玉ばかりきょろきょろさせていた。妊娠をしている女もあった。赤ん坊を抱いた女も多かった。赤ん坊はまったくしなびてしまって、生きているのか、死んでいるのかもわからなかった。母親にはもとより、一滴の乳も出ないのであろう。難民の多くは、水を入れた瓶を大事そうにかかえ、ちびちびとのんでいた。見ていると、眼の前で、死んでゆくものもあった。子供たちの泣き声があちこちで聞こえた。しかし、これらの難民たちが例のごとく派手な衣裳をまとっているのは、いまは滑稽さを通りこして、いっそう、悲惨な感じを深めた。女の子の着るようなまっ赤な着物を着た老婆は、若い男から、一匙《ひとさじ》ずつ、罐詰の汁を口のなかに入れてもらっていた。兵隊たちは、自分たちの持っているかぎりの食糧を彼らに分配した。兵隊たちは、みんなやってしまえば、自分が困るということは、考えていないように見えた。しかし、じつはやろうにも、兵隊たちももう、なにも持ってていはしないのだ。子供たちが大勢で手を出してくるので、兵隊たちは当惑する。

やがて、あふれてくる米兵の捕虜に眼をとめられた。広場にも、難民たちとならんで、数百の米兵が腰をいだいて並んでいた。森のなかから、林の小径から、米兵は列をなしてあらわれて来た。いずれも背はたかいが、疲れた顔つきをし、重い足どりでつづいてきた。なかには、髭面の巨大漢や、刺青を入れたのやもまじっていた。このへんは野戦病院のあったところらしく、各所に赤十字のマークを書いた立札が立っていた。米兵のなかには赤十字の腕章をしたのもあった。米兵はいつつきるとも知れず、わきでてくるという感じであった。

比島兵もなかにまじっていた。彼らは武器を持たず、いずれも腰に水筒をぶら下げ、小さいズックの鞄を持っていた。私は捕虜の群をながめているうちに、不思議な怒りのようなものが、胸にわいてくるのをおぼえた。じつはこんなに米兵がいるということは、すこし思いがけぬことであった。それだけの米兵がいながら、なぜ戦わないのか。これらの兵隊は、われわれの祖国に、いわれのない侮辱を加え、われわれの祖国の存立をさえおびやかそうとした傲慢な国の国民なのだ。私は、米兵の捕虜の波を見ているうちに、それは不純な成りたちによって成立し、民族の矜恃を喪失した国の下水道からながれだしてくる不潔な汚水のような感じをうけた。

このようなときほど、日本の兵隊がりっぱに見えるときはない。米兵百人に一人か、二百人に一人、日本の兵隊がつきそって、引率してゆく。日本の兵隊は米兵の肩までしかない。顔は陽と埃とによごれ、軍服も帽子もぼろぼろになり、軍靴も口をあけて、ぱくぱく鳴っている。その姿は銅像にしたいほどりっぱである。そうして、彼は終始、微笑をうかべ、米兵とならんで歩いてゆく。兵隊は、われながらおかしくなったように、米兵のやつ、こんな小そうて汚ない兵隊にどうして負けたじゃろかというとるやろな、とつぶやく。その濶達さは微笑ましい。

自動車が道もせまいくらい無数に遺棄されてあった。動けるものは、さっそく、兵たちが動かしはじめた。難民をトラックやバスで送ってやることになった。彼らに、自分のところをきくと、マニラとか、バランガとか、ヘルモサ、とか、口々に答えた。タルラック、カバナツアン、などから来たものもあった。彼らは、米軍がバタアンに入ることがいちばん安全だと宣伝したので、戦線のなかへ逃げこんで来たのだといった。

彼らは、しかし、たとえ、自分の故郷へかえっても、廃墟と化した町には、彼らのかえる家はないにちがいない。トラックやバスにつぎつぎに難民は詰めこまれた。左手で火災がおこった。米兵が弾薬庫に放火したらしく、砲弾や小銃弾が、まるで交戦しているように炸裂した。道路上には追撃命令を受けた各部隊が錯綜していた。車輛部隊も駄馬部隊も動きのとれないほど、道にあふれた。なおも、あちこちから捕虜の群がやってきた。これらのために、この台上は喧騒をきわめた。トラックは動きだし、部隊はつぎつぎに進発して行った。森林越しに、青い海と、コレヒドル島が眺められた。飛行機の姿は見えなかったが、高射砲の音が聞こえ、島の台上に爆煙がたちのぼった。望遠鏡で見ると、がらんどうになった兵舎らしいものが見え、その中央に、星条旗がひるがえっていた。断崖の下に軍艦らしいのが一隻浮かんでいる。日はかたむき、六時に近かった。

私たちは坂を降りた水辺に、今宵の宿をきめた。大きなマンゴの木の下であった。○○部隊に従軍していた写真の小柳君もやってきた。私たちは米だけ持っていて副食物がなく、小柳君は罐詰だけ持っていて米がないというので、ちょうどよいということになった。石油罐で竈をつくり、携帯燃料で飯をたいた。チンとドンとがしきりに働いた。日が暮れた。明るい星空である。ドンは自分はマニラで、子供が六人あって、五人が男だといった。チンの方も、三人子供があるといった。仕事をしながら、二人はのべつ幕なしにしゃべり、自分は日本へ行ってみたいといい、また、いつマニラにかえるかとうるさく訊ねた。それから、口をそろえて、孫子の代まで兵隊なぞにはしないといった。私たちは食事をすまし、土のうえに天幕を敷いて寝た。夜の道をなおもいろいろな部隊が通って行った。夜中に砲兵部隊が通りかかったが、闇のなかから、いま、そこで投降兵を八名つかまえた、あずかってくれんか、と声だけが聞こえた。得意そうな口調であった。八名くらいなんか、この上に行ったら、何万といるぞ、と、小柳君がどなった。

四月十日（マリベレス港）

眼をさましたまま、明けてゆく空をながめながら寝ころがっていると、道路にトラックが二台とまって、別府軍曹や壱岐軍曹が降りてきた。ほかの兵隊も、先原君も、トリガンもいた。読売の塩川君もいた。みんな、ぶじを喜びあった。トラックは、困難な山道をきて、やっと追及できたのである。兵站部隊が到着したので、われわれの朝餐《ちょうさん》は、攻撃開始以来のすばらしい饗宴になった。西瓜をまず切った。昆布の味噌汁、わかめのゆでたのにソースをかけたもの、魚の罐詰、コンビーフ。私は何杯も味噌汁のおかわりをした。それが終わると、ココアであった。

くる途中、トリガンは、比島兵の間で、大人気であったということである。彼が御馳走を食べている写真の伝単のため、彼の顔は比島兵のなかでよく知られていた。また、なかに彼の戦友もいた。比島兵はトリガンを見ると、握手をもとめ。彼は幸福だといってうらやましがり、また、彼ら自身は安堵をするのであった。

マリベレスに行くために私たちは先行した。渡辺少尉、向井画伯、塩川君の四人である。坂上の道路に出ると、昨日とすこしもかわらず、台上は混雑していた。多くの難民がかたまり、トラックが右往左往し、なおも、多くの捕虜があちらこちらから集まっていた。わずかの日本の兵隊が多くの難民と捕虜の処理にあたっていた。

私たちは、マリベレスへ行く便を待った。まず向井さんは車を拾って先発した。○○部隊の輜重の自動車がきたので、私たちは三人便乗した。坦々とした大道である。道路は無数につづいた遺棄自動車で満たされていた。部隊が進軍してゆく。山の中からぞくぞくと、白旗をたてた難民が降りてきた。日の丸を持っているのもいた。投降兵の列もつづいた。道路はそうとう高いところについていた。くねくねと曲がりながら、しだいに降りになる。一キロごとに標柱が立っている。マリベレスまで十五、六キロらしい。沿道は部隊と、難民と投降兵とで、ごったかえしている。

やがて海の見える道にくると、右へ曲がる道があった。その奥に部隊のいるのが見えた。迷っていると、道を通る比島兵がマリベレスはまっすぐだと教えてくれた。そこから急な降り坂になって、走って行くと、海岸に出た。マリベレス湾である。海風が横なぐりに吹きつけてきた。粗末な船が四、五隻いるが、誰もいないらしく、一隻は沈んで傾いていた。

岬を曲がると、左手の水平線にコレヒドル島が見えた。そのあたりから、もうマリベレスの町であった。右手に高射砲陣地があり、左手に鉄条網をめぐらして、海軍の標識がしてあった。海浜にニッパの家が立ちならび、入江に数隻の漁船や独木舟がつながれてあった。海岸には背のたかい椰子林がつづいていた。木橋をわたる。十数軒のすこしましなニッパ・ハウス。門口にいかだかづらやボンガビリアの真紅の花びらが咲いていた。ひさしぶりに見る花である。家並を抜けると、いちめんに荒涼たる焼野原だ。海浜の椰木の林までも焼けこげて、しおたれた焼けのこりの葉を力なくたらしている。海岸には、うずたかく切りだしたままの材木が積まれてあった。町はコンクリートの礎とトタン屋根ばかりが残り、白堊の教会堂と、ホセ・リサールの像だけが廃墟のなかにぽつんと立っていた。町のはずれに、何千台ともしれぬさまざまの自動車がかためて放棄されてあった。なおもひきもきらず、憔悴した米兵の捕虜がつづいて来た。町の奥から、えんえんと一列になって、わきでるように埃の道を歩いて来た。われわれを見ると、しかたがないというように、ちょっと両肩をすぼめ、両手のひらを見せる米兵もあった。こんなにも多くの米兵がいたということは意外である。私はもう米兵の列を見るのがいやになってきた。

マリベレスはもっと大きな町かと思っていたが、もうそこで終わりであった。のせてもらった車に礼をいい、そこで降りた。のせてくれたのは、市川軍曹と、石田上等兵であった。海岸に出て、砂浜を歩いた。軍靴の下で、白いきれいな砂がさくさくと鳴った。湾内はしずかで、ゆるやかな波がのたりのたりと渚に寄せてはかえした。水平線上に鯨のように、コレヒドル島が横たわっている。

高射砲の音がつづけざまにおこった。島の右端から、めらめらと火焰がひらめいた。まっ青な空に、綿の花のように数十の白煙が印せられた。飛行機の姿は見えなかった。島の中央にすさまじい黄煙がまきあがり、水中に、島の三倍くらいの高さに水柱が立った。ゆるやかに足もとに寄せてくる波のなかに、一寸に足らぬ小さな魚の群が、黒くかたまって波につれて動いていた。小さな爪の赤い蟹がいく匹も砂のうえを走った。私は渚の白砂を踏んで、何度も海浜を往復した。心の底に、しんとしたものがあった。

軍通の自動車がやって来た。和田中尉が乗っていて、向井さんを町の入口に近い、道路から右に折れるところで降ろしてきたといった。○○速射砲隊の休憩している場所で、トラックのくるのを待った。砲隊長はナチブ攻撃のときに戦死し、青木中尉が隊長をしていたが、この人とはリアングの高地で面識があった。加藤清正のような髭を生やしている。道端の電柱のところに立っていると、疾走してきたトラックの上から、名を呼ぶ者があった。石田君の顔が見えた。前を行きすぎると、上田広君、皆川君、田中画伯などの顔も見えた、やあ、やあ、と両方から手をふった。話するまもなく通りすぎてしまった。○○部隊は、西海岸から半島を横断し、東海岸道を迂回してやってきたのである。

咽喉がかわいてたまらないので、水筒に水を何杯ものんだ。山から鉄管が通っていて、一ヵ所からきれいな水が吹き出ていた。しかし、ほとんど湯に近く、生あたたかい。ひるすぎになって、小隊のトラックがやって来た。一台、U.S. ARMY の記号のはいった乗用車がそのあとから来た。米兵が運転していた。その自動車に乗って、三叉路のところまで引きかえした。降りになった道路を入ってゆくと、部隊が混雑していて、道端に向井画伯が立っていた。○○司令部もそこにあった。○○部隊長もいた。付近の小屋には多くの難民が群れていた。三人の米兵がぐったりとなって、トラックにもたれてしゃがんでいた。負傷兵らしかった。横を重い荷物をかついだ米兵が通りかかった。トラックにもたれていた若い米兵は、立ちあがり、跛《びっこ》ひきながら荷物をかついだ米兵に近づき、自分たちが食べかけていた林檎の罐詰をやった。彼はなにもいわずに、戦友の肩をたたいた。頬が反げていた相手の米兵はがつがつとその罐詰をうまそうに食べ、行ってしまった。

道のうえに出ると、すこしうえが曲がり角になっているので、車輛と部隊と馬と投降兵と難民とが広い道いっぱいを埋め、まったく動きがとれなかった。道ばたにたむろしている難民たちのなかから、力弱い赤ん坊の泣き声がきこえた。顔中ふかい皺のため、どこが口かわからないような老婆が、草花模様のあるサヤを着て、戸板のうえに横たわり、若い女から、ゼリーのようなものを、口のなかにうつしてもらっていた。病人もなかにはいるらしく、ひきつった顔をして、ものがいえず、眼ばかりぎょろぎょろさせている若い男もあった。私は持っていた携帯口糧を、子供にやった。

いつ自動車の列が動くかわからないので、歩いて坂を降りた。町の入口に近い右手の森に、壱岐軍曹が宿舎を設営してあった。宿舎といっても、もとより家はなく、大きなマンゴの木の下である。天幕を敷いて、座敷が作られた。三十米ほど裏手に川があるというので、水を浴びに行った。清流に裸になって入ると、よい気持であった。われわれの家族には新しい仲間がひとり加わった。自動車の運転をしていた米兵のサドラー・エフ・エドモンドである。彼は細面ではあるか、希臘《ギリシャ》の彫刻にあるような顔だちをして、りっぱな髯を生やしていた。これで、われわれの部隊には、いつのまにか、トリガン、チン、ドン、サドラーという珍客がそろったのである。兵隊たちは、面白がって、ペリカン、サル、などと呼んだ。トリガンに、お前を捕虜の大将にするというと、彼は鼻高々と、右手を折り曲げてふりながら喜んだ。

しかし、トリガンはマリベレスの町についたときには、いくらかしょげていたのだ。それは、彼の伯父の中佐が爆死したということを比兵から聞かされたからである。サドラーは二十七歳、曹長、自動車の技術員で、前線と後方の輸送にあたっていた。フィリピンに来たのは官費で見物ができるという単純な考えで来たのであって、戦争が起こると知っていたら、誰もくる者はない、といった。戦前まで、彼はマニラにいたらしく、ベェヴェ・ホテルの付近にあった日本人の店に四、五度遊びに行ったことがあるが、まだその店はあるか、などときいた。サドラーは帳面にはさんだ一枚の黄色い紙を持っていた。戦線米兵の中でうたわれていた唄の文句だといった。サドラーはのんきそうに、拍子をとりながら、それを歌った。

蒙古人や韃靼《だったん》人なんか御免だよ、
まして馬来《マレー》人なんて真っ平だ、
奴らのバーター制なんて気に喰わん、
気に喰わん、
やせほそった鶏も喰いあいた、
牛乳や罐詰ばかりとは。
水ときちゃ甕《かめ》や瓶入りばかりで、
おまけに、ときには人間様にも毒となり。
年から年中汗をだしちゃたまらんわ、
酒場をうろつく奴らときた日にゃ、
これまた年中おなじ顔、
町でも宿屋でも倶楽部でも、
活動見物にでも行きゃこん畜生、
三年前の博物館ものだ。
おまけに何百人かの人いきれ、

風邪でもひくのが関の山。

俺の野心も枯れはてた、
希望なんかも失われ、
俺の話もつまらぬことばかり、
年百年中おなじことの連続で、
南のしきたりもあきあきだ。
年百年中自服ときちゃ、
それに俺の字なんかも古くさく、
家賃もべらぼうときてるんだ。

ひさしぶりにそろった顔ぶれで、晩餐をした。日が暮れた。飾りのついたランプが二つ点された。なにか豪華な感じである。私たちは、バタアン陥落のために、祝盃をあげた。ランプにいろいろな虫が群がってきた。螢もとんで来た。サドラーは私の右隣に坐っていたが、米兵の飯盒にいっぱい入れた飯にわかめ汁をぶっかけ、いかにもおいしそうに食った。食べ終わると、もっと欲しそうなのを、いいだしかねているようすだったので、もういっぱい、ついでやった。それもまたたくまに平らげた。あまり食べていなかったものであろう。ウイスキーをさすと、四ヵ月ぶりだといった。

五十米ばかり離れた道路上を、ぞくぞくと部隊が通った。闇のなかに、砲車の音や馬蹄の音が聞こえた。自動車はライトをあかあかと点して通った。コレヒドル島から正面に見えるのである。面白い夜である。焼けあとにのこったコンクリートの柱がならび、その向こうに青白いライトが見えると、まるで、そこに賑やかな大通りがあるように見えた。マリベレス銀座へ散歩に出るかななどと、兵隊たちは笑った。コレヒドルは森閑と静まりかえっている。手ではらえば落ちて来そうに近い星空が振りあおがれた。これまではマリベレス山のうえにかがやいていた南十字星がいまはコレヒドル島のうえ高くそびえている。

四月十一日（マリベス港）

トリガンが運転してマリベレスの郊外にある陸軍墓地に行った。二尺たらずの白い十字架標が横に十列、縦に八列ならんでいた。墓標には、名前と死んだ日付と場所とが書かれてあった。十字架の前には縦長く土が盛りあげられてある。埋めてあるのである。前列になるほど、日付が新しく、また、土も新しかった。右手の方にも、多くの墓があり、準備された深い穴が四つ掘られてあった。埋められたまま、墓標のまだ立ててないのもあった。死んだ場所はほとんどバタアンであった。柵の傍には血のついた担架や、シャベルなどが投げだしてあった。気がつくと、トリガンが熱心な目つきで、墓標の名を一つ一つ呼んで歩いていた。彼は隅々までひとつのこらず見てまわった。伯父の墓標はないか、とさがしているのであった。みんな調べたけれどもないらしく、がっかりしたようすをしていた。ここは米兵だけの墓地らしい。私たちはそこを出た。

マリベレスの町には、まだ、米兵や比兵の捕虜が、あちらこちらにたむろしていた。水道のところに、水筒をぶら下げた捕虜が一列になって水を汲んでいた。米兵と比兵とまじっていたが、前の方に比兵がいても、米兵はおとなしく順番を待っていた。何百人という捕虜を一人であずかって、兵隊は閉口していた。あとからあとへと出てくる捕虜が、日本の兵隊に近づくと、もう、知らんわ、お前たち、勝手にせえ、とはがゆそうに、いった。投降兵は相手にされないので、どうしたことかというように、かえって困惑して、そのあたりをうろうろしていた。

マンゴの下にかえった。今日も灼けつく炎天である。うつくしい白雲がぎらぎらと光りながら、紺青の空をながれた。いつ雨が降りそうにも思えない。あついので椰子の葉を切って、いくつも団扇をつくった。それに向井画伯が島の絵をかき、是必取島《コレヒドル》と賛を入れた。木の下で、トラック便ではこばれた手紙を兵隊たちが熱心に読んでいる。手紙の来ないのが、おごれおごれ、というと、半年ぶりに二通くらい来りゃ、どうあるか、などといっては、にやにや笑っている。コレヒドル攻撃の準備がすすめられ、私たちも、リイル河畔の司令部の位置へひきあげることになった。夕方は壱岐軍曹が南国料理をこしらえた。檳榔の幹から葉の出る中間のところにやわらかいところがある。その皮をはいで小さくきざむと筍のようになる。味噌でたくと、筍よりもやわらかく、おいしかった。気のおけない私たちの仲間に入って、サドラーは安心したように、よく立ち働いた。彼は私たちにまじって、冗談口をたたくようになった。マニラへも、連絡車が出ると聞くと、彼は兵隊をよびとめた。自分はほかの仲間たちにくらべて、幸運であった、この小隊は自分にとって、スイート・ホームであった、しかし、いずれ自分も捕虜収容所に入らなければならぬ身である、収容所に入れば、がらりと生活が変わってしまうであろう。名残りにウイスキーがのみたいから、マニラでウイスキーを一本買ってきてもらいたい。そういって、サドラーは懐中から、五十ペソをとりだした。自分は、収容所に入ればもう金はいらない。ウイスキーを買ったあまりは、小隊の方々へ寄付するから、なんなりと買って食べてもらいたい、とつけ加えた。
自動車が出発すると、サドラーはひとり言のように、私にとって、戦争以来、昨夜がいちばん安らかな夜であった、とつぶやいた。

後　記

バタアン半島総攻撃従軍のために、三つの報道部隊が編成され、それぞれの部隊につけられた。西海岸部隊には上田広君のいる切東隊、中央部隊には柴田賢次郎君のいる大塚隊、それに私の渡辺隊。そこで、私たちがおのおの自分の従事した部隊のことだけ書いておけば、三人の書いたものを読み合わせることによって、いくらか、バタアンの戦場というものが丸味を帯びてくることになるだろう、と話しあった。そこで、ていねいな読者がおられたら、上田広君の『地熱』と、柴田賢次郎君の『樹海』とをいっしょに読んで下さるとありがたいのである。

昭和十七年四月九日、マニラ陸軍病院にて

火野葦平

木の葉虫

むかし、北部ルソンのカガヤン渓谷を倭寇《わこう》がさかのぼって来たときに、砲台をきずいていた西班牙《スペイン》の守備軍は、するどい日本刀をひらめかして、反覆突撃を敢行してくる倭寇のいきおいにはなはだ恐れた。赤ふんどしをしめこんだ倭寇は防塞をよじのぼってきては、大砲を手づかみにせんとした。おどろいた西班牙軍は大砲をつかまれてもすべるように、牛の油などを砲身に塗った。

そういう古い話を部隊長がしてくれたとき、それでは、今度もひとつ敵の大砲を手づかみでぶんどってやろうといいだす兵隊が何人かあった。西班牙はすでにアメリカのためにフィリピンから駆逐され、いまはアメリカの近代要塞がこの群島をかためているのであるが、兵隊たちの鼻息の荒さは昔も今もかわりはないのである。

バタアン総攻撃が四月三日（神武天皇祭）にはじまって、サマット山脚の敵の第一線陣地を突破してから三日目には、堀川上等兵の分隊は半分になっていた。中隊長もカトモ渓谷の裾でたおれた。先任小隊長が中隊の指揮をとった。堀川上等兵も左肩に擦過傷を負った。軍医は下がれといったけれども、戦闘にはさしつかえないと頑張ってどうしても下がらなかった。砲弾の破片がささったときには大げさに血が出たが、傷は浅かったので絆創膏をはっただけですました。ほんとうは痛かったのであるが、堀川は人の前ではなんでもないという顔をした。こんなにやせがまんのつよい奴は知らんと軍医もあきれて笑った。

バタアン半島には川が多い。赤土の灰神楽をまきあげる道を横にさえぎって青いながれがあった。この水は澄みきってせせらぎの音をたて、岩の間を縫ってながれてはいるが、じつは黴菌とマラリア蚊との巣窟であった。腹をこわす者と熱病におかされる者とがあいついだ。アモ川を越えると、峠から椰子林越しにとつぜんコレヒドル島が望まれた。部隊は追撃をつづけてバタアンの南端へ敵を圧縮しつつあった。銃砲撃と爆撃のひびきとが半島のいたるところで起こった。木の間越しに見えるコレヒドル島は、傲然と横たわり、そこからは北水道が見えないので、あたかも半島とつづいているように見えた。

「ちきしょう」

堀川上等兵は細い双眼をかっとみひらいて仁王立ちになった。

部隊もちょっとそこに足をとどめた。

「島の上に家のようなもんがあるじゃないか。あら何か」

「兵舎だよ」

望遠鏡をのぞいていた小隊長が、

「まんなかに旗が立っとるぞ」

といった。

「白旗ですか」

「いいや、どうも星条旗らしい」

「眼鏡を貸して下さい」

堀川上等兵は一心にのぞいていたが、また、歯をかむようにして、

「ちきしょう」

といった。

兵隊たちの心はすべてコレヒドル島をめざしていた。コレヒドル要塞がアメリカの東洋における最大の、そして唯一の拠点であることをみんな知っていたし、アメリカと戦うというときに、兵隊たちの脳裡にまっさきに浮かんだのは、コレヒドル島であった。英国とたたかうときに、マレイ戦線の兵隊の頭に、ただちにシンガポールがうかんだように、バタアンの敵陣を突破する戦車にもトラックにも、「コレヒドル行」の木札や紙がはられた。山のなかで会う兵隊たちは小休止のあいだにも、

「どこまで御旅行で？」

「へえ、ちょっとコレヒドルまでまいります」

「御親戚でも？」

「いや、あそこに九段へぬけるトンネルがあるそうで」

などとたわいもない冗談口をきいていた。そのすさまじい無駄口をたたいた兵隊たちは、いま、峠で眼のあたりにコレヒドル島のすがたを見て、眼をぎろぎろと光らせた。

山みちから、藪から、敵の投降兵がわきでるようにあらわれて来て、バタアンは、十一日に陥落した。部隊はマリベレスに入城すると同時に、山間の各所に陣地を布いた。兵隊たちが「下関行特

急」と呼び、ドラム罐とよんだ砲弾がコレヒドルから飛んできはじめた。

リール河畔の密林のなかで堀川上等兵はまいにち昆虫とあそびはじめた。ある日、高い樹木の枝から落ちてきた一枚の葉が地面をむくむくとはいはじめたのがきっかけである。ちょっと見るとその色も模様もまったく木の葉にちがいないが、よく見ると頭と手と眼と口とがあった。木の葉に入っているのではなく、からだ全体が木の葉の形になっているのだ。まるで豪華なみどり色の夜会舞踏服のようにふっくらと腰をひろげているのである。大きさは二寸たらずだ。むろん、なにかもっともらしい名前があるのであろうがだれも知らなかった。木の葉虫とよんだ。はじめはほかの兵隊もめずらしがって見ていたが、まもなくよりつかなくなり、堀川上等兵ばかりが変わりなく木の葉虫の相手になっていた。

「いったい、この虫はなにを食べているんじゃろうか」

ある日、当惑したように彼はそうたずねるのである。

「露でもすすっとるんじゃろうよ」

堀川は彼の虫がしだいに弱って来たのでいささか心配になってきたらしい。細い糸で片足をくくって山荘の柱にむすびつけておいたのだが、さいきんはぐったりとなってほとんど動かないという。はじめ捕えたときには活発に手足を動かしていた。そうして裏がえすと、亀のように手と頭とでくるりと起きあがっていたのに、いまはひっくりかえしても起きなおろうという気力を示さない。その意志すらも失ったようにみえる。

木の葉とみまがう形であるということは弱い生物の必死の保身術であろう。その保護色は巧緻のきわみであるが、とらえられればいまはその秘術も徒労におわったとあきらめたものか、わかわかしかった緑のいろもしだいにうすれて赤茶けてきた。

おとろえてゆく友人の健康をなんとかしてとりかえそうと、堀川はさまざまの手段をつくしてみたらしい。飯盒のあまりの飯や罐詰ののこりを食べさせようとしたり、味噌汁を口のなかに流しこんでやったりした。顕微鏡で見ねばわからぬ隠微な口もとに味噌汁をそそぐことは、不器用なごつごつした手つきでは思うにまかせず、味噌汁を頭からあびせかけるしまつになった。しかし、木の葉虫はなにを食べようとも飲もうともせず、日々おとろえてゆく一方であった。

こういう間にもコレヒドル攻略の準備はしだいに進められ、ますますはげしくなったコレヒドルからの砲弾は、日夜、すさまじい音をたてて付近の森林に炸裂した。リール河に落下した砲弾が岩と水とを散らし、多くの魚を森林の梢にまき散らした。

「露しかのまんじゃろか」

万策つきたようにしおれた堀川は、朝になると草の露をすくってきて木の葉虫の口に、(顔に)そそぎかけた。

ときどき軍医が見まわりにくる。軍医は堀川をとらえて肩の傷をしらべながら、化膿しかかっているから後方に下がって本式に治療しなくてはいかんといった。堀川はびっくりして神妙に傷の手あてをするようになった。

「ちっとも痛くないんですが」

「それが悪いんだ。膿みかかっているから、痛みを感じないんだ。ばかなやせがまんをするもんじゃない」

と軍医から小ひどくおこられた。

堀川は出征前は大工であったということである。銃をにぎるまでに、手にしていたものは主として鉋《かんな》と鑿《のみ》と鋸《のこぎり》であった。

兵隊として見おとりのする身体でもないが、頑健にきたえられているのでもない。ただ細身の肉づきに似あわぬ肩幅のひろさにはたのもしさがあった。彼は気短らしいが、たとえ腹のたつことがあっても多くの言葉をついやすことができない。「学がない」からであろう。喧嘩をしてもなぜ怒るかということを相手に納得させることができずにしまうのである。しかし、たとえば彼が峠でコレヒドルをにらんで、「ちきしょう」とつぶやけば、あとの言葉はもういらないのだ。

戦友が彼について感心するのは、じつに小まめに日記をつけることである。黒皮の手帳をいつもひねくりまわしている。おそらく遺言などもその手帳のどこかに書いているにちがいなかった。

彼は職業柄、部隊が宿営するとただちに山塞の建築にかかる。さすがにできあがった山塞はありあわせの材料（石ころ、竹枝、葛、土嚢など）でやったにもかかわらず、他のむさくるしい兵営にくらべると格段に見栄えがした。

その彼によって、木の葉虫の住居は贅をつくして山塞の一角につくられたのであるが、彼の心づくしに気づいたのか気づかないのか、木の葉虫は執念深くぶあいそに黙りこくり、しだいに弱りはてていった。

中隊長が昔ばなしをしたときに、そんなら今度もひとつ敵の大砲を手づかみにしようといった兵隊のなかに堀川もいたのであるが、そのような感想が大言壮語として聞きながされても仕方はないのである。彼は勇敢ではあったが、手あらなことがきらいで、一匹の虫にまで馬鹿々々しい愛情をそそぐような男だからである。戦友がわらって、木の葉虫などをいくらかわいがっても、大東亜戦争の意義も、日本の兵隊のやさしさもわかりはしないんだぞ、とからかっても、彼はいっさい頓着しない。歴史を決する壮大な戦場のまっただなかにあって、ただ、ひとり黙々と露を吸って生きているひとつの小さな生命に、自分でも説明のつかない、無限の愛着を感じているようであった。なぜそんな虫などをかわいがるか、といってみたところで仕方がないのだ。

森林のなかに敵の野戦病院があった。そこからときどき抜けだしてくるアメリカ兵が、ひょっこり山荘の付近にあらわれたりした。眼をきょろきょろさせたアメリカ兵は不安のいろの濃い顔つきで、松葉杖などをついていた。彼らは、自分たちはいったいどこに行ったらよいのかというのである。

「お前たちは捕虜なのだ。じっとしておればよい」

英語のできる小隊長がはなす。

「病院にですか」

「そうだ。ほかの者はみな収容所に行ったが、お前たちはいまは病人だからしかたがない。病院が収容所になっているのだから、病院におったらよい」

「病院はあぶなくておられません」

赤鬼のように毛むくじゃらのアメリカ兵は、とんでもないというように声をたかくする。

「病院にはコレヒドルからの砲弾が毎日飛んで来ます。ここのように遮蔽されていないので、むきだしです。だいぶんやられました」

「やられたといったところで、お前の国の大砲が射つのだからしかたがない。文句があったら、コレヒドルにいえばよい」

「それはそうですか、とにかく、あぶなくて病院におられないのです。ここへ置いて下さい」

「そういうことはできない」

兵隊たちは軽侮のまなざしをもって、恐怖にふるえているアメリカ兵を見る。いまにもたおれんばかりのあぶなかしい腰前で、しぶしぶと去ってゆく後姿にぺっと唾をはきかけるように笑うのである。

清流にたむろするマラリア蚊はやがてその蛮刀をふるいはじめた。兵隊たちは炎熱の日々をリール河の清冽なながれにひたることによってたのしい時間をすごしたが、やがて何人かが森林のなかで高度の熱を発した。澄んだ淵のうえを舞う縞蚊が兵隊を刺したのである。木の幹から幹に吊った青い蚊帳のなかで、兵隊たちは熱にうなされた。

堀川上等兵は戦友たちがつぎつぎにたおれるのを見て、

「つまらん奴どもじゃな」

などといいながら、こまめに水をくんできて頭をひやしてやったり、毛布をなおしてやったり、食事をはこんでやったりした。後方に下げられてゆく者も出てきた。下がらないといって駄々をこねる者もあった。

マラリアは非常に高い熱が一定の時間をおいて出たり引っこんだりするが、四十度を超える熱が、二日も三日もつづいて下がらぬ者もあった。その間中、身体の節々がいたく、解体するような苦しさがつづく。そういうのはデング熱であった。うわごとをいったり、寝言をいったりする兵隊もあった。

死に瀕している木の葉虫をいったいどうしたらよいであろうかと、処置に窮した堀川上等兵が、ある日、手にのせてみたときに、虫がいつになくひやりとたなごころに冷たく感じた。とうとう死んだかと思ったが、それまでは木の葉虫に体温があったと感じたことは一度もなかった。指先で触手をつついてみると、緩慢にではあるが、すうと引っこめる反応を示したので、まだ息のあることはわかった。そのうちに、あ、これは、自分の方に熱があると気づいたのである。

堀川上等兵は手を額にのせてみた。手を口にあててほうと息をはいてみた。むっと生あたたかくいやな臭気があった。身体の節々がすこし痛いようでもある。そう気づくと、いくらか神経も手つだったであろうが、身体中がたちまち火のようにほてりだした。堀川はどきどきと動悸がうちはじめた。自分もやられたと思うよりさきに、とっさにある不安がわいてきたのである。それは、たいへんなことをした、コレヒドルに行けないかもしれない、というおそれであった。行くときめ、行くときまっていたときには、さほどにも思わなかったのに、行けなくなるかもしれぬという危惧がちらとひらめいたときに、コレヒドルが、どのようにせつなく兵隊の胸にむすびついていたかが、はっきりわかった。

そうして堀川上等兵の必死の陰謀がはじまった。彼は自分の熱病をけどられまいとさまざまの工作をおこなった。キニイネをやたらにのんだり、なるたけ他の兵隊たちから離れていたり、水を一日に五、六度も浴びたりした。しかし、そのような努力も病勢の昂進には勝てなかった。彼はある日がまんのはて、ながれのなかでぶったおれた。

医者はいよいよあきれた。

「どうか、後方に下げんで下さい。コレヒドルにやって下さい。上陸まではきっとなおります」

しかたがないので、もはや泣き落としの一手である。頭をすりつけんばかりにして同じことをくりかえした。堀川上等兵は担架にのせられた。とうとう駄目かとくやし涙があふれてきた。二人の戦友にかつがれた担架は灰神楽のあがる森林の道を縫い、リール河の渓谷をのぼった。高熱のためうつらうつらしていた堀川は、どさりと下ろされて、はっと眼を見ひらいた。そこはアメリカ兵の野戦病院であった。

もやもやとかすむ視野に多くの兵隊たちの顔があった。それは見なれた顔であった。みんな日本の兵隊である。ぜひコレヒドルにやってくれといって喚きたてたのは、堀川ばかりではないらしい。そういう手に負えぬ駄々っ子のような病人ばかりがここに収容されているのであった。

コレヒドルはまさに伝説の島といってよかった。コレヒドルが人智のよくし得るかぎりの恐るべき設備のなされた近代要塞であることは、だれひとり知らぬ者はない。しかしながら、いかなることがあろうとも、兵隊たちの頑固一徹な「コレヒドルへの旅行熱」を思いとどまらせることはできないのである。

「ちきしょう」

堀川はなにを夢みるのか、熱にうかされながらしばしば立腹をした。

五月五日、端午《たんご》の日に決行された壮烈なコレヒドル敵前上陸は、わずか一日の戦闘をもって敵を慴伏《しょうふく》せしめた。

深夜にいたって、コレヒドル島は火の花の島と化した。無数の舟艇が列をなし、海上にくろぐろと横たわる要塞の島へむかって進発していった。あらゆる火器は火を発し、弾丸は幕をかぶせてくるように、上陸部隊の正面にむかっておおいかかった。

水際ではすでにはげしい戦闘が開始された。舟艇のなかで、堀川上等兵は銃剣をにぎりしめ、くわっと眼を見ひらいて暗黒のなかに明滅する銃火をにらんでいた。からだをかがめ、舟艇が渚に乗りあげるやいなや、すぐに飛びだせるように、左の膝をつき、右膝を立てていた。

弾丸が頭のうえをすぎる。舟艇にあたって、けたたましい金属性の音をたてる。鉄板を射ちぬいた弾が機関にあたる。足もとがつめたくなり、ぬらぬらするので左手をあげた。油が膝を没し、手がまっ黒になった。しだいに島が近づいてきた。高く黒い一線が、ぶっつかるように迫ってきた。

「跳びこみ用意」

闇のなかで小隊長の声がきこえた。

腰をうかすと同時であった。があんと眼の前がまっ赤になり、横に投げだされた。身体中がしびれたようにぴいんとひびいた。小隊長がなにか叫んだ。舟艇が右にかたむいた。がらがらとはげしい音がして、後尾に積んであった大隊砲が、けたたましい軋み音をたてて鉄板のうえをすべった。あっという間に海中に落ちた。水煙が立った。同時に舟艇ははずみを食って左にはげしく傾斜した。ざぶりと水が舟に入った。「くそ」と小隊長の舌打ちがきこえた。舟艇は左右にはげしくゆれた。

すると、つづいて、堀川上等兵が海中に落ちた。弾丸にあたって落ちこんだと、みんな思った。沈んだまま上がってこなかった。堀川にかまっていられなかった。舟艇は海岸にのりあげた。兵隊たちは、舟をすてて島にとびあがった。散開をした。喊声をあげて突撃をした。前後左右で銃声がおこり、いたるところで戦闘がおこなわれていた。

やがて、波のなかに、大砲をかついだ堀川上等兵の姿があらわれた。海中にはいってたいせつな大砲を拾うと堀川は海底を歩いてあがってきたのである。渚ちかくなると力つきたのであろう。大砲の下じきになってつぶれた。したたかに呑んでいた水を、がっとはいて、眼をまわしてしまった。

堀川が気がついたときには、日がかんかんと照り、自分のまわりに一羽の蝶がとんでいた。まっ青な空が大きな美しい毛布のように身体じゅうにおおいかぶさっていた。

そのときはすでにコレヒドル島にかかげられていた星条旗は下ろされて、日章旗がひるがえっていたのである。

あおむけになっている堀川は自分の背なかにぬくぬくとしたコレヒドルの土を感じていた。もう軍服もすっかりかわいてしまっていたので、海のなかのできごとなどはまったく幻としか思われなかった。じっさい、彼はいまは自分がなにをしたかもまるで知らないのである。

まだ、彼の頭ははっきりしていなかったのであろう。彼はポケットをさぐってみた。手がだるかった。とりだした黒皮の手帳はまだ濡れていた。どうしてこの手帳だけぬれているのかと不思議な気がした。なにを見るつもりだったのか、無意識のように、頁をくってみて、安心すると彼はまた昏々と眠った。戦友が呼んだときにはもう雷のような鼾《いびき》をかいていた。

鎖と骸骨

逃亡者

七人の捜索隊が、峠の岩角をまがると、脚下に、ひろびろとしたラグナ湖がひらけた。毎回、訓練所の高台から見なれているので、珍しい風景でもないのに、三時間ぶっつづけの疲労で、いかにも、新鮮に美しく見えた。目的のものが、たしかに人目を避けた場所にはいったにちがいないので、それまで、山地の深いジャングルばかり探していたのだ。道のないところを選んで歩きまわったので、時間とともに、へとへとに疲れた。

すでに、陽は西に傾いている。そして、今日も、雨季ちかいこの時期特有の、空一面、火の粉がながれ落ちてくるかと疑われる紅蓮の焔の夕焼けが、湖面を赤く燃やしている。マニラ湾は、夕焼けのうつくしい世界三景の一つといわれているが、それは、むろんここからは見えない。このビナゴナン付近から、マニラは四十キロほど離れている。しかし、このラグナ湖の夕焼けも、マニラ湾に劣らず、壮大で、息をのんで彳立せずにはおられぬ絢爛さだ。

漁を終えてかえる船が、点々と、それぞれの方角に走ってゆく。正四角形の帆を張っている二隻は、折りからの北東風に、みるみる湖心のタリム島へ吸いよせられて、小さくなる。それを、小手

をかざしてながめながら、

「船で、島へ渡りやがったかな?」

一木軍曹は、突端の岩のうえにつっ立って、いまいましげに、舌打ちした。ふだんでも、赤い顔が、夕焼けに塗りたてられて、ベンガラ色になっている。濃く粗野な眉が、毛虫のようにうごいてせまりあい、その精悍な幅びろい顔全体に、険悪な焦躁の気が、かくしがたくみなぎっている。

「そうかも知れんですなあ」

石田助三郎も、湖上に巨大な鯨のように浮かんでいる夕リム島をながめながら、相槌を打った。この、もう、五十になる、もと、リサール街の理髪師であった、世間ずれした通訳官は、精力的で短気な一木軍曹には、なにごとも、さからわないことにしていた。南海生活二十七年の経験の持主だが、徴用されると下士官待遇の嘱託にすぎず、軍曹の一木にも、頭があがらないのである。

「どこに潜りやがったか、うまく逃げやがった」

一木は投げだすようにつぶやいて、立っていた岩にどすんと腰を落とした。やけのように、せかせかと、汗をぬぐった。

石田通訳も、フィリピン人たちも、それぞれのところにぐったりと疲れた身体を休めた。七人とも、申しあわせたように、煙草をとりだして、火をつけた。五人のフィリピン人のうち、三人は小銃、一人は軽機関銃、一人は弾薬匣《こう》を携帯している。五人は、どれも似たような体格で、いずれ劣らず色が黒く、眼がぎょろつき、これも申しあわせたように、鼻が尖って、唇がうすい。フィリピン人の顔というものは、どこか仮面的で、心と顔とが分離している感じをうけることが多いが、この五人のフィリピン兵も、多分に洩れず、その顔だけからは、内心を汲みとりがたい。しかし、これは、比島人本来のものではなくして、多分に、歴史的、政治的なもののもたらした陰影であるかも知れない。ことに、最近のビナゴナン訓練所の言語を絶した猛訓練は、さらに、そのうえに、なにかの幕をかぶせたようである。それは、地獄の連続への恐怖が諦観となりきってしまうために必要な忍耐と犠牲との時間が、まだ、この南方民族の運命を、はっきりと解明するにいたっていないことに、原因しているらしい。

石田通訳以上に、一木軍曹をおそれているフィリピン兵たちは、ひと言も口をきかず、ただぷかぷか白々しく煙草をふかしながら、やがて、うすれはじめた夕焼け空を、放心したようにながめているばかりである、学科で、日本語を習っているので、断片的に、単語だけがときどきわかるが、一木と石田の話していることの複雑な意味は、むろんわからない。

「タリム島に逃げたとすりゃ、簡単にゃ、捕まらんなあ」

「そうですな、むつかしいですな」

「いまのとこ、絶対に駄目かも知れん。ふだんから、きっと、連絡があったんだよ。あいつ、女のくせに、したたかなところがあったからな。スパイだったかも知れん。島の敗残兵は、将校が指揮しとって、迫撃砲なんか持っとるということだ。討伐やるって、掛け声ばかりで、いっこうやらんからこんなことになるんだよ。もっとも、あんまり方々に敗残兵がいて、手がまわりかねるなんて、参謀は話しとったが、……」

「まるきり、田虫か、水虫みたいなもんですね、根だやしはむつかしいですよ」

「ほんとに、うるさい」

一木軍曹は、タリム島の中央の山、というより小高い稜線の起伏を遠望しながら、不機嫌である。

「逃がしたとなると、また、所長がやかましいぞ」

「ほんとに」

と、もう所長の大喝をくらったように、石田はおどけて首をすくめ、

「まるきり、わしらが逃がしてやったように、怒鳴りつけるんだからな、かなわん」

「ぬかったなあ、女の足だから、そうあわてなくても、ええと思うとったんだが、……」

「リワイワイは、機敏な女ですよ。ひょっとしたら、あんたのいうように、スパイだったかもわからん。隊の愚図男よりは、どうかすると、ずっと敏捷なときがありました。仕事でも、教練でも、使い走りでも、まるきり、豹みたいで……」

「逃亡するとは、思わなかった。昨日から、泣き暮らしていたのは、見とったが……」

「ヴィクトリオが死んだんで、いる気がしなくなったんですな。わしは、見抜いていましたよ。リワイワイはヴィクトリオの情婦なんです。所長が人がいいんですよ。隊が編成されてからじゃなしに、前からの女なんです。冗談じゃない。女だてらに、新比島の建設なんて、こんなはげしい訓練所へはいってくる阿呆はありませんよ。女なんて、もともと、思想だの、精神だのって、そんな高尚な趣味は持ちあわせとらんです。ただ、男への愛情だけですよ。東洋精神だの、大東亜共栄圏だのって、そんなお題目に、生命をささげる女があるもんですか。そりゃ、香月大尉の妄想ですよ。男になら、惚れた男のためになら、女は命をささげます。ええ、そうですよ、女が冒険をするときは、

男のためにだけですよ。まして、フィリピンの助平女たちが、なんで、思想なんかのために、あたら、青春を犠牲にしますか。そんなことというと、所長にわるいけど、わしも無駄に年はとっとらん。それに、三十年ちかくも、フィリピンに住んで、この国の女の気質をよく知っていますよ。

……一木さん、まだ、油断はならんですよ。第四区女性隊の連中は、みんな怪しいと、わしはにらんでます。だれがだれとだかは、まだはっきりつきとめとらんが、隊長のエミリア・リカルテも、ルイザ・ルスも、ノルマ・レイエス、カリダッド・オカンポ、リガヤ・アルギリヤ、どれもこれも助平たらしい奴ばかり、きっと、一区隊、二区隊、三区隊、そのだれかの情婦《いろ》か、女房かですよ。偽名してるんです。フィリピン人は、三、四百年も、征服されどおしできたおかげで、自分の本心をかくすことと、人を騙《だま》すことは、名人になっていますよ。あの、人を呼びかけたり、合図したりするときに、口の中で、シイッ、シイッと歯の間を透して、空気を鳴らすような陰険な音を出すでしょう。あれなど明朗でないその気質のあらわれといっても、いいんですよ。

……このビナゴナン訓練所は、そりゃあ立派です。趣旨は、大賛成です。それで、わしも大いに協力していきます。しかし、ものごとは、香月所長の考えるとおりには、いきませんよ。そりゃ、所長は、学者で、人格者で、難のうちどころのないりっぱな軍人です。それはよく知ってます。みんな褒《ほ》めている。が、一木さん、わしはなにもわからん男ですけれど、年の功、香月さんの考えが、あんまりりっぱすぎることが、ときどき、気にかかることがあるんですよ。……ね、一木さん、あんたは、所長の副官みたよなもんで、一身に信頼を受けとんなさる。わしが所長にいっても、一喝くらうだけが関の山、あんたから、すこし所長に注意しませんか。フィリピン人にどんな訓練をしたところで、結局は、骨折り損になりますって、……」

しゃべりだすと、いつでも、石田通訳は、とめどがなくなる。しきりと反応をうかがうように、一木の顔を下からながめたり、日頃、考えていることを述べた。もっとも、これは、今日がはじめてではない。二ヵ月ほど前、訓練所勤務を命ぜられてから、持論のようにして、一木にだけ、いうことである。

一木軍曹は、この卑屈な石田の意見を好まないけれども、一理あることは否めないので、いつも黙って聞くだけは聞いた。五人のフィリピン人たちは、じつは、二人の対話の内容に関心をいだいているのだが、言葉もわからぬので、ただ黙って煙草をくゆらせているだけだ。しかし、彼らの顔の底にある一つの感情は、共通していた。逃亡した女、リワイワイを発見することができなかったことへのそれとなき安堵である。発見すれば捕えて帰らねばならぬうえ、その残酷な処刑を見なくてはならない。もし、彼女が帰ることを拒み、抵抗するか、なお逃走しようとすれば射殺してよいと命ぜられている。フィリピン人たちは、捜索にくたくたになったけれど、成果を望んでいたわけではなかった。みずからが地獄に落ちることも、人を地獄におとすことも、彼らが好まなかったことは、いうまでもない。彼らは、これまでにも、いくつかの地獄を抜けてきている。第一に、バタアン半島の戦場、それから、敗北につぐ武装解除、オオドネル俘虜収容所までの行軍、いわゆる「バタアンの死の行進」、収容所内における連日の死亡者、ストチェンバークのデル・ピラル兵営における捕虜教育、それから現在のビナゴナン訓練所。——現在の場所を、地獄ということはあたるまい。新比島建設の志士、比島を背負って立つ青年学徒としての教育を、日本軍から施されているのである。さすれば、むしろ、感謝すべきことであろう。しかし、その幸福なフィリピン人たちの顔は、けっして明るいとはいえなかった。

「そんなことを、俺だって、所長にはいえんよ。所長だって、いまさら、やめるわけにもいくまい。軍の命令だから……」

「軍の命令じゃないんですよ。香月さんが、軍へ命令したようなもんですよ。自分一人で案を立てて、報道部長を通じて参謀長を動かしたもんです。報道部長も、参謀長も、文化工作なんて、ちっともわからん人だし、ただ香月さんの意見を鵜のみで、そんならおまえにまかせる、大いにやれ、ということになったんですよ。それで、香月さんが大よろこびで、さっそく。……そして、やりだしたら、この調子でしょう。わしは、断言しときますがねえ、また、近いうちに逃亡者がでますよ。ひでえ無駄だ。わしも働き甲斐がないですよ」

石田は、楽な情報部勤務から、訓練所のはげしい日課の方に変えられたのが、日ごろから不満でならぬことを、一木は知っていた。

「帰ろう、仕方ない、もう、いくら探したって、リワイワイはつかまりっこはない。俺が所長のお眼玉を食えばいいんだ」

あたりは、いつか暗くなって、夕焼けの夕残りは、かすかに西空にひくく赤味をのこしているだけだった。湖のうえも暮れ、薄光のなかに浮いていた、タリム島の姿も区別しがたく黒ずんでいた。

「マリアノ・インドウ伍長」

「はい」

一人が、びっくりして、毬《まり》のように飛びあがった。

「帰営だ、出発」

「はい」

インドウは、いそいで、吸いさしの煙草をもみ消して、胸のポケットにつっこみ、

「アツマレ」

と、元気のよい声を出した。

「キヲツケ、……ミギヘナラエ、……ナオレ、……バンゴウ、……ミギムケ、ミギ、……ススメ」

アクセントの間のびした号令で、獲物をもたぬ捜索隊は、夕暮れのなかを、屯営にむかって出発した。

正　論

参謀長と対した香月大尉は、出されたウイスキーのグラスを口に持ってゆきながら、始終、その白皙《はくせき》の顔から、微笑を消さなかった。額の秀でた、おでこといった方が早い頭部は、まだ、三十五というのに、一本の毛もなく禿げあがって、巨大な外輪山を持った噴火口のように、鉢があいている。中肉中背だが、いつも胸を張っている癖が、肩幅をひろく見せて、お辞儀をするときでも、首と胴とが同時に、衝立《ついたて》のように起き伏しする。近視のため、縁なし眼鏡をかけているので、その風貌がいくらか柔らげられているが、鳶《とび》のような両眼は、一皮目で、つよい張りを持っていた。

赭ら顔で、八字髭の参謀長は、窓側の椅子によって、椰子の葉を鳴らしてくる風を吹いこむように、顔を表にむけている。べた金の肩章と、参謀の飾緒とが、かっと照りこむ外気の明るさを反射する。ルネタ公園ごしに、マニラ湾が見え、バタアン半島とカピテにはさまれて、コレヒドル島が浮かんでいる。

この、比島派遣軍司令部の二階の隅にあるひろい参謀長室には、二人だけしかいない。中将と大尉とだが、ちょっと見ると、香月大尉の方が、昂然としていて、参謀長の方がその機嫌をとっているように見える。

飛行機の爆音が、間断なく聞こえる。

「貴官がよくやってくれるので、自分もよろこんでいる。軍司令官にも報告したら、さらに励めというお言葉じゃった」

「ありがとう存じます。わたくしのやっておりますことにつきましては、いささかの御懸念もなきよう、御放念下さい。不肖香月が、全能力を賭けて、立派にやりとげます」

「そうしてくれ。費用も、この予算表を見て、考慮するつもりじゃ。戦機も、ようやく動かんとする気配が見える。このフィリピンは、帝国を不抜の地位におく確乎たる南方要塞でなくてはならん。おそらく、最後まで、その役目を果たすことだろうが、大局から眺めてみるときには、若干の危惧を感じることが、なくもない。それは、……」

「いや、閣下、フィリピンに関しますかぎり、絶対に、御安心下さいますよう。比島の礎石となるべき大精神と、その実践力とが、着々として、わが訓練所で養われつつあります。これこそは、比島を万代不易の地位、ホセ・リザールが東海の真珠として全生涯を賭けて愛しましたフィリピン永世の守りとなるべきことを堅く信じます」

「わかった、その信念あってこそ、はじめて、蓋世の大事業もなる。だが、それにしても、周囲の客観的情勢を、静かに観察することも、忘れてはならん。自分は、比島を帝国の防波堤とするためには、その石垣のひとつにも、ひびや崩れがあってはならんと思う」

「だから、それを、わがビナゴナン錬成道場におきまして……」

「うむ、それはわかっている。よろしい、君のその決意に賛同する。それでは、自分は、単に、参考に、情報部からの報告を、君に伝えておこう。昭和十六年十二月八日、開戦と同時に、シンガポール、ジャワ、ビルマ、すこし遅れたがフィリピンも、わが占領するところとなった。ボルネオ、スマトラ、ニューギニア、セレベス等、すべてわが占領下にある。作戦は大成功だ。わが帝国は、東亜共栄圏の盟主として、南方諸地域に、君臨することになった。しかし、それが、真に最後の勝利であるためにはまだまだ、多くの仕事、道程を踏まねばならん。香月大尉、ここじゃよ。われわれは、この勝利をゆるがぬものにしなくてはならんのじゃ。貴官は、自分を取り越し苦労といつもいうが、山のくずるるも、蟻の一穴からというではないか。いま、帝国は、その蟻に襲われようとしている。開戦直後の敗退以来、反攻準備をおこたらなかった米国は、いよいよ昨年夏から、攻撃を開始してきたのだ」

「なにほどのことも、ありますまい」

「うん、なにほどのこともないかも知れん。しかし、一穴のうちに、注意はしたがよい。昨年八月、ガダルカナル島にはじまった攻撃にたいして、わが方はこれを撃退してしまうにいたらなかった。そして、これを放棄して、内線を収縮した。これは作戦上の転進であるから、当然のことであるとしても、その損害は少なくなかった。さらに、つぎの攻撃は、わが南方諸基地にたいし、優勢な航空機によって、相当、苛烈にはじめられている。北は、アッツ島が、五月末に玉砕した。やがて、キスカに来るのは火を見るよりあきらかだ、これらは、遠い南と北との話だが、まさに戦機うごく感はまぬがれがたい。香月大尉、この北と南の指向が、一直線に、比島に向かっていることを自分は感じるのじゃよ。君は、どう思う？」

「閣下は、相かわらず、苦労性でありますな」

軽蔑したように、香月大尉は笑った。さすがに声を立てず、それを押さえたが、すると、まるで女の声のようになった。

「そうじゃ、苦労性なんじゃよ。生まれつきかも知れん。香月大尉、それじゃ南と北の遠い話はやめて、足元の話をしよう。フィリピン人の気持は、いま、どんなじゃろうかの？　昨年の十二月八日にも、米軍が上陸してくるというデマが飛んで、憲兵隊が動かねばならぬことが起こった。君の知ってのとおりだ。ガダルカナルを放棄してからは、そのデマの熾《おき》は、消えることなしに、くすぶっているように思うがな。それに、占領以来、北ルソン地区をはじめ、各地に絶えぬ敗残兵や匪賊は、このごろ、勢いを増している。猖獗《しょうけつ》をきわめて、手に負えぬところもある。こういうことなど勘案すると、そのデマもけっして、無視は……」

「無視してよろしいかと存じます。わたくしたちは、枝葉末節にとらわれず、外面の騒音に耳をわずらわされることなく、つねに、泰然自若として、根本のみを注視しておらねばならぬと存じます。

要は不動の精神力です。わたくしのビナゴナンにおける渾身の力も、その一点にかかっております。閣下、信じて下さい。ビナゴナン訓練所を、辺陋の地における小事業と軽んじて下さいますな。まさに、それこそは、比島における、否、東洋における松下村塾であります。救国の原動力はそこで培われ、その成果は、比島と、東洋と、帝国を磐石の泰《やす》きにおくでありましょう。現在錬成しております青年学徒は六十三名、すべて俊秀の英才ばかりであります。否、わたくしの全精神をかたむけました努力によって、鉄はうたれ、光を放つ金石と変わりつつあります。参謀長閣下も、一度、ぜひ、来所、御視察願わしく存じます。……ここに、隊員名簿がありますが、ホセ・ルサノという者を隊長に命じておりまして、これは、まだ、三十歳の弱冠でありますが、人格、識見、力倆、思想、申し分のない大物であります。現大統領ラウレル氏と比較して遜色なく、将来、比島を背負って立つべき人物、大統領の器、というより、さらに東洋の救世主ともなりましょう。バタアン戦線で捕虜となった者でありまして、オオドネルの生き残りであります。

第一区隊長ペドロ・アルカンタラ、第二区隊長マリアノ・インドウ、第三区隊長トリニダット・クルフ、いずれ劣らぬ逸才です。第四区隊長は、とくに、女性六名をもって組織しておりますが、その隊長エミリア・リカルテは、まさに女傑といえましょう。わたくしは、彼女を見るたびに、ジャンヌ・ダルクを思います。リカルテ将軍とも、多少のつながりになるようです。各隊、おおむね、十八名前後、バタアンの捕虜数万の精鋭中より、撰りすぐった者でありますゆえ、これらの青年学徒が、課程を終えて卒業し、おのおの、適時の部署について、腕をふるいましたなれば、比島は、大磐石、この崇高な精神の所有者たちによって、東洋の、そして、帝国の前途は、洋々たるものであります。なにとぞ、わたくしに一任、御安心下さいますように」

「ときに、香月大尉」

参謀長は、葉巻の煙を輪にふいて、話題を変えた。

「は？」

「貴官は、応召前の職は、なんであったかな？」

「僧籍にありました」

「何宗？」

「浄土真宗であります。竜谷大学を出ましてから、先任の跡を襲いました。わたくしは長野県諏訪郡、御承知でもありましょうが、諏訪湖という湖のあります付近に生まれました。父が病身でありましたので、早くから柳原村の応徳寺の名跡をついでおりました」

「家族は？」

「老母一、妻一、嫡男一、であります」

「出征して、何年になるな？」

「三年であります」

「どうだ、国に帰りたいだろう」

「絶対に」

と、なにか怒気をふくんだような声で、香月大尉は、衝立のような胸を、ぐっとふくらました。

「帰りたくありません」

「ほう、これは珍しいな。みんな、国へ帰りたがっているのに、絶対に帰りたくないなんて、われわれ、根っからの軍人は別として、応召の者は、だれも、一日も早い帰還を望んでいる。貴官は、故国が恋しくはないのか」

「恋しくあります」

「なら、どうして、絶対に帰らぬなどと？」

「使命があるからです。もはや、わたくしは、個人ではなくなりました。わたくし自身が、一個の歴史の権化、歴史の創造者であることを知ったからです。わたくしには、一田舎の寺よりも、比島が、そして、祖国が大切になったのであります」

「よろしい、その意気で、やってくれ。ま、もう一杯いこう」

参謀長は、頼もしげに（と、香月は感じた）俊秀な部下を眺めながら、キング・オブ・キングの瓶を、グラスにさした。

「いつか、訓練所を、拝見にいこう。報道部長にも、そのように、伝えておいてくれ、御苦労、もう帰ってよろしい」

そういって、参謀長は、突如、よそよそしい顔になり、つぎはだれというように、卓上のベルを押した。カピトル劇場の支配人と、入れかわって、廊下に出た香月大尉は、（偉大なる思想には、階級はない。真理は、身分の上下を問わない。その崇高さは、神仏とでも同席し得る）と、満足げに考えながら、大理石の階段を降り、報道部長室の扉をノックした。

副官の峰中尉が出て来た。

「やあ、香月か、元気がよさそうだな」

「部長は？」

「市長のところへ行った」

「なにごとだ？」

「例の、米軍、最近、上陸開始、という怪放送のことについて、市長と打ちあわせに行ったんだ。探知器で、エスコルタ街のピーコック・デパート屋上で、電波が出ているというんだが、調べても、なにもないんだ。人心が動揺している模様だよ」

「ふん、昼間は、いそがしげに飛びまわる。どうでもよいことを、いかにも、用事ありげに。そして、夜はカサマニヤかね」

「そんなことはないよ。そういういいかたをしては、いかんよ。のっぴきならぬ交際で行くんだよ」

「キャバレー・カサマニヤの狂態は、言語道断だ。まるきり、気狂い病院に行ったようだ。ネオンサイン、三十名もいる女給、芸者のようなのもいるし、ありゃ、なんだね。みんな淫売じゃないか。飲んだくれの客どもと、乱痴気さわぎ、酒池肉林、俺は一度行って涙が出たよ。君も、よく部長の相伴《しょうばん》で行くんだろう？」

「そんなことはない。君にかかると、なんでも大仰になる。あまりお説教してくれんなよ。戦地じゃ、野暮は通らんからな」

「俺は、こないだ、部長のおともで行ったが、ここは、地獄の五丁目だと思ったよ」

「地獄の五丁目？　そりゃ、どういう意味だい？」

「みんな、みずから自分の墓穴を掘っているんじゃないか。気がつかずにさ、自分は極楽にいるつもりか知らんが、ほんとは、地獄にいるんだよ。五丁目なんだ。一丁目でも、八丁目でもない。まんなかあたりなんだな。デレデレと女にふざけて、アルコール中毒みたいになっとるが、いったい周囲はどうなっとると思うんだ。恐ろしいうえに、恥ずかしいことだよ」

「部長に、なにか?………」

またはじまったと、峰中尉は話題を転じた。

「うん、部長にちょっと会いたいと思って来たんだ。君からでもよい、話しといてくれんか。いま、参謀長と懇談してきたんだよ。腹を打ちあって、いろいろお話した。俺のやっている学徒教育のことについても、深い理解を示して下さったよ。ものわかりのよい方だな。思う存分にやれというんだ」

「それで?」

「それでな、近く、報道部長と同道で、訓練所を見学に見えるというんだよ。そのことを、部長に伝えて、部長の方から、閣下へ連絡とってもらいたいんだ。そして視察の日がきまったら、前日か、前々日くらいに、電話ででも、あちらへ知らせて欲しいんだよ。突然だと、なにかと困るから」

「承知した。たしかに、伝える」

地獄四丁目

第二区隊員ヴィクトリオ・アラヤイが、医務室で死亡したことは、たしかに、全生徒たちに少なくない陰影を投げかけた。ヴィクトリオは、バタアンでは、精悍無比の砲兵軍曹であったし、この訓練所に来てからも、頑健においては、群を抜いていた。そういえば、ここにいる五十数名の隊員は、数人をのぞいては、全部、前身がバタアンの捕虜で、いくたびかの死の関門をくぐり抜けてきた生き残り、体力的に、衆にすぐれた者たちばかりである。そのうちでも、水牛《カラパイ》という綽名をもらったほど、ヴィクトリオは逞しく、強靭で、それこそ叩き殺しても死ぬような男ではなかった。それが、叩き殺されたのである。

　病名は、肋膜性心臓麻痺ということになっている。それは、矢倉衛生軍曹の臨床によって決定されたことで、ヴィクトリオの遺骸は、訓練所の裏にある新墓地に、鄭重に埋められた。フィリピン人の九割までが基督教徒で、また、その九割二分がカトリックだといわれている。死者もやはりそうだったので、墓地には、十字架の墓標がたてられた。別に、前に建てられた四基の十字架があった。

「偉大なる目的のためには、多少の犠牲は、やむを得ない」

それは、ビナゴナン訓練所長香月大尉の根本的信念といってよかった。

「つねに、偉大なる事業のかげには、犠牲がある」

　多くの先輩の業績と歴史とが、香月大尉のために、そのことを、はっきりと証明していた。まして、革命の進行には、血のながされるのは当然である。ビナゴナン訓練所の目的と事業とは偉大であり、そして、まさに革命といってよい。東洋救済のメッカともいえるのである。

　ラグナ湖の見わたされる高台にある三棟の木造建築、バラックではあるか、緑のペンキを塗られて、あかるい。山紫水明といってよい風光の中で、環境にも申し分ない。自動車の乗降にも困難のない程度の丘陵で、交通の便もわるくない。ラジオのアンテナがあり、音楽がいつも流れている。麓の部落から見ると、この瀟洒《しょうしゃ》な高台の建物は、学校のようで、数十名の人たちの動きを見ていると、そこに、楽しい団欒《だんらん》があるように思われる。

「訓練所はひとつの家族であり、美しい団結と、楽しい交歓とが、その生命でなければならぬ」

所長のこの所信は、くどいほど所員や、隊員に、連日、くりかえし伝えられた。比島人以外の所員は、副所長格の一木軍曹、医務室長の矢倉軍曹、炊事班長の大村伍長、訓練助手、武田伍長、五十鈴上等兵、それに石田通訳を加えて、六名である。

ビナゴナン訓練所は、嚠喨《りゅうりょう》たるラッパの音に、明け暮れする。時間は厳格で、秩序は整然としている。それは、香月所長のゆるぎない顔容のごとく、すこしのごまかしもきかない。この訓練所は、青年学徒の教育という名目になっているので、学校といった方がよいかも知れぬが、武器を操作して演習などしていると、兵営のようでもある。しかし実際は、香月所長のこのんで使う錬成道場という呼び名が、いちばんふさわしかった。

区隊長の部屋に入ると、どこにも、綱領がかかげられてある。かならず日本語とタガログ語と二枚ある。フィリピン人は、ほとんど英語をしゃべる。米西戦争によって、アメリカ統治となって以来、四十年、アメリカ文化とその言葉とは、ふかく、比島人の間に浸透した。比島人同士でさえ、英語で話しあうほどになった。このことが、香月大尉にはすこぶる気に入らないのである。

「諸君は、祖国を喪《うしな》いかけている。祖国の意識を呼びかえすところに、新生比島の黎明がある。ちゃんとした母国語がありながら、なぜ外国語を使わねばならぬか。比島人は比島語で語れ。英語を駆逐せよ」

それが持論で、いっさい、訓練所では、英語を封じた。これは、彼一個の考えではなく、当時、日本国内にも抬頭していた偏狭の論を、彼も自己の信念と合致するところから、採用したものである。国内では、慣用の日常語さえ変更されているありさまで、香月は、訓練所においても、どんな些細な英語をも、一掃した。比島人のみならず、所員にも、これを実行せしめた。

赤インク――赤汁
青インク――青汁
パン――麺麭
マッチ――すり身
トンネル――隧道《すいどう》、または、汽車くぐり

などである。

綱領は、つぎの五項目からなる。

綱　領

一、吾等ハ新比島建設ノ柱ナリ
二、吾等ハ神ヲ信ジ、民族ヲ愛シ、祖先ヲ崇ブ
三、吾等ハ東洋精神ニ復帰シ、個人主義ヲ撃破シ、唯物主義ヲ撃滅ス
四、吾等ハ大東亜共栄圏ノ一環ナリ　共栄圏ノ建設ハ世界平和確立ノ根柢ナリ、比島千年ノ大計、又実ニ茲《ここ》ニ存ス

五、吾等日ニ新タニ、又日ニ新タニ、誓ッテコノ大願ヲ成就セン

この日本語は日本人にもむずかしいくらいだから、いかに優秀の逸才揃いであろうとも、比島人の生徒たちには十分の一もわからない。彼らは、ローマ字によって、これも毎日誦せさせられるが、実際はちんぷんかんぷんである。しかし、香月所長は、意味はわからなくとも、毎日くりかえしていれば、そのありがた味がわかってくる、それはあたかもお経のようなものだといっている。比島人は、やはり、自国語によって、この綱領の偉大な思想を理解する。

KAPASIYAHAN

1.Kami ay mga haligue ng bagong philipinas.

2,Kami ay sumasampalataya kay Bathala, umibig sa smig bayan at gumagalang sa a ing mganinuo.

（3、4、5、略）

毎朝夕、朝々とこのタガログ語を、小学生のように、声たかく合唱する六十数人のフィリピン人の顔は、能の面のように表情がない。

「諸君は、新生比島の救世主である」

「諸君は、東洋の柱である」

「諸君は、英雄であり、そして、神である」

色黒の生徒たちの列にむかって、そう絶叫するとき、香月所長自身が興奮し、感動で、涙すらたたえていた。

「では、これより、ミソギの詞。はい、ミソギ、ミソギ」

「ミソギ。ミソギ」

と、全員が合唱する。

「新生比島の国造り」

「シンセイヒトウノクニヅクリ」

「吾ら選ばれの国民よ」

（ワレラエラバレノクニタミヨ）

「清め祓えよ、禍津日を」

「キヨメハラエヨ、マガツビヲ」

「鍛えよ、鍛えよ、いざやいざ」

「キタエヨ、キタエヨ、イザヤイザ」

「ええいッ、ええいッ」

「エエイッ、エエイッ」

「では、湖にむかって、前進」

隊員は、それぞれ、区隊長の指揮で、門を出、坂をくだって、ラグナ湖畔に出る。裸になる。膝まで没する浅瀬にはいって、ミソギがはじまる。

「その腰つきはなんだ」

香月大尉の鞭が、はげしい音を立てて、隊員の背にひびく。所長の厳格な性格は、すこしのごまかしをも、弛緩をもゆるさない。訓練助手も、所長にならって、きびしく隊員を監視し、仮借するところなく、頬を打ち、拳骨をくらわせる。比島人は頬を打たれることを極端に侮辱されたととる。一度頬を打たれると、終生忘れずに復讐の機を狙うこともある。しかし、そんなことはここでは、すこしも頓着されない。水中につきたおされて、水をのむ者がある。その格好がどんなにおかしくても、笑う者はない。第四区隊の女性群も、仏頂面をしている。

「さあ、天に誓え。……新生比島の国造り」

「シンセイヒトウノクニヅクリ」

と、また、全員がつづける。

「清めよ、祓えよ」

「キヨメヨ、ハラエヨ」

「ええいッ、ええいッ」

「エエイッ、エエイッ」

その声は、ラグナの湖の水をふるわせるどよめきとなって、灼熱の怒気をつき抜け、紺碧の空へとけこんでゆくようだ。香月大尉は、会心の笑みを洩らす。香月大尉の訓練は、峻厳、苛烈、いさなかも感情をまじえるところがなかった。彼は一切の教育計画を自分で立てた。生徒たちの人格と能力との完成のために、智能をけずった。綱領、禊《みそぎ》の詞とともに、士道訓、婦道訓、農道訓、食事訓等をつくり、万全を期した。静坐も、大切な教育のひとつであった。

「ホセ・ルサノ」

と、ある日、香月は、生徒隊長に呼びかけて、微笑みかけた。

「はい」

「毎日の訓練は楽しいだろう？」

「楽しいです」

「苦しいことはないか」

「苦しいときもあります」

「なにが一番苦しい？」

涼しく張った眼を、ためらうように、ちょっとちらつかせたが、

「静坐です」

「自分もそうじゃないかと思った。諸君は坐りつけないからね。でも、坐るということは大切なことだよ。君は、仏陀の静坐している美しい姿勢を知っているだろう。精神の根源を純粋にうかびあがらせるのは、あの静坐の姿勢以外にはない。静坐が苦しくなったとき、諸君は仏陀に近づいて、比島救済の悲願が完成されるのだ」

香月大尉の理論は整然として、一糸のみだれもない。彼のすべての言説は、最高の思想に裏づけられ、ただちに、フィリピン人たちのうえに、実践にうつされる。しかし、フィリピン人たちは、不馴れな姿勢を強要されて、だれも、仏陀の純粋に近づき得る者はない。夜の間にずらりと羅漢のようにならんだ生徒たちは、まるで、拷問をうける囚人のようである。きちんと膝をあわせ、右の踵を、左の踵のうえに重ねる。

「姿勢は正しく、胸を張って、眼はまっすぐに。視線の曲がるのは、心の曲がっている証拠だ。

瞳のにごるのは、心のにごる証拠だ」

　時間がたつにつれて、生徒たちの黒い顔が、赤味をおび、青味をおび、黄色くなる。苦痛を我慢するために、唇がふるえ、汗がだらだらと流れる。熱帯になれた比島人は、汗腺が乾いて、めったに汗をかかないのだが、この静坐の苦痛で、額、首筋、腋の下から、生汗をながす。どんなに忍耐しても、苦痛がかくしきれなくなり、ひっくりかえる者がある。容赦のない鞭と棍棒とが飛び、彼はまた坐らせられる。終わったときには、ほとんど、呼吸も困難な者があり、昏睡して、数時間めざめぬ者もあった。

「だんだん、成績がよくなった」

と香月大尉は、この日課を、一日の休みもなく、くりかえす。ところが、静坐は、教育のうちでは、まだ生やさしい部類といってよかった。野外演習は、酷烈をきわめた。なかでも、フィリピン人たちを恐れさせたのは、軍装による断崖登攀《とうはん》だった。裏山のジャングルが、尖端になって、ラグナ湖につき出ているところがある。そこにはもう道はなく、凹凸のはげしい巨岩に掩われた山肌が、どす青く澄み、淀んだラグナ湖の淵のうえに望んでいる。その断崖をよじてわたるのである。

「卑怯者は、大人物になることはできぬ」

　香月大尉は、フィリピン人たちを睥睨《へいげい》して、そびえたつ断崖を、こともなげに指さす。彼の手には、太い棍棒が握られている。生徒たちは、軍装で重くなっている身体を、絶望的な勇気に駆られて、断崖の方へはいだす。尻ごみしている者には、したたかな棍棒の打擲《ちょうちゃく》がくわえられる。いく度、棒をうけても、引き下がるということは許されない。叩かれたあげくに、断崖をわたらねばならない。

ヴィクトリオは、身体は頑健無類であったにもかかわらず、いくらか臆病であったために、所長の棍棒を十数回くらったのであった。それが原因で、病床に臥し、数日ならずして死んだのである。

「ペドロ・アルカンタラ」

香月大尉に指名された生徒は、足をふるわせながら、危険な崖をよじはじめる。捕えた木の根や、岩角がくずれたり抜けたりして、湖のうえへ、ばらばらと落ちてゆく。顔は緊張で蒼白となり、眼は血走って、うつろに近い。そうして、何人かは、失敗して、湖のなかへ墜落した。しかし、むろん、命に別条はない。そこは水深が十メートルちかくあって、いったんは沈んでも、浮かびあがることはできる。矢倉衛生軍曹が、小舟を浮かべて待っていて、ひきあげてくれる。しかし、墜落者は、恐怖と疲労とで、ほとんど口のきけない者が多い。

「訓練の度が、ちと、すぎはせんですかい」

年の功で、すこしは遠慮のない口がきけるようになると、石田通訳は、ときに、そういう注意をすることがある。すると、香月大尉は、いかにもわが意を得たように、鉢のおいた大禿頭をなでまわしながら、

「忍耐こそ、人間完成の母なのですよ」

と、おだやかにいうのであった。

「そりゃわかってますけどね、ちょっと、度合いがね」

「ぎりぎりのところまで行かねば、超克はできぬものですよ。余裕のある間は、ごまかしがききます。まあ、自分にまかせておいて下さい。自分は確信あってやっていることですから、黙って見

ていて下さい。あなたは、ただ通訳としての役目だけを果たしてもらえば、いいのですよ」

「そういわれれば、一言もないけど」

香月所長には人情も愛情もないのかと、考える者がないではなかった。とんでもない。彼ほどの人情家、愛情ふかい者はないといっても過言ではあるまい。彼は、心から、六十名のフィリピン学徒を愛しているのであった。苛烈な薫育も、愛あればこそで、憎んでいるのであれば、なにも教育などほどこす要も、筈《はず》もないわけである。彼は、軍司令官、参謀長、報道部長などに、自分の生徒の優秀さを自慢しているときには、胸のあつくなる思いすらした。人から褒められると、うれしくて、たわいもなく、涙が出た。訓練以外のときには、煙草や酒も適度にふるまい、生徒たちといっしょになって、ラジオをきき、カルタをやり、歌もうたった。ただ、香月大尉は、任務の重大さを自覚して、訓練と人情とを、截然と区別していたのである。彼は訓練がはげしければはげしいほど、生徒たちも急速に成長し、効果も早くあがると確信していたのである。

「やっと、地獄からのがれたと思ったら、また、新しい地獄だね。こんなことなら、のがれたいと思った前の地獄の方へ、帰りたいよ」

そういう会話を、生徒たちがかわしていることなどには、香月大尉は、微塵も気づかなかった。

林立する十字架

遺されてある香月大尉の日記に、何回かオオドネル捕虜収容所を訪れたときの記述がある。断片的であるが、当時の情況は、ほぼ、推測できる。オオドネルは、マニラから北へ、約百キロ、カパスという町から、サンパレス連山の麓へすこし入りこんだところにある。

——月　日。

見わたすかぎり一面の哨舎、ドノゴ・ドニカも、かかる風情であったかと、思いをはせる。いいようもない腐臭。戦場でかいだ屍臭は忘れられぬが、ここでまた、莫大な死臭をかぐ。収容所に来て、一キロほども手前から鼻をついていた悪臭が、屍臭たりしことを知る。門を入ると、まっさきに、戸板にのせて、四つの骸をはこぶ比島兵を見る。

恒吉大尉に会う。

「毎日、あの調子ですばい。一日に、十七、八人、死なん日はなかです」

九州の人らしい。

「そんなに、どうして死ぬんですか」

「どうしたというたって、もう弱ってしもうとるからでしょうな。いまのところ、二万七千いますが、毎日、増えます。ここの哨舎は三万五千までは入れるようになっていますが、軍からは、五万入れろなんちゅうて、来とります。そげん入れたら、困りますばい。第一、このあたり、水が悪かうえに、少ないと来とるんで、死人をこしらえるようなもんですからな」

「せっかく、戦争がすんだんだから、いま死んではつまらんですな。なんとか、助かる工夫はないんですか」

「だれもが、バタアンから、へとへとになって来るのに、軍医も薬品も足らんでしょう。日本軍の方も、相当に負傷者や病人が出て、てんてこ舞いしとるんで、こっちまで、手がまわりかねるんです。なんでも、バタアンから、ここまで歩いてくる途中も、だいぶん、たおれて死んだらしいですばい。なにしろ、相当の距離、さよう、百二十キロ近くもありましょうからな」

「死んだのは、どうしてるんです?」

「仕方なかですけん、ああやって運ばせて、柵外に、埋めてるんです。兵隊のなかに牧師がいますけん、十字架立てて、お祈りあげて、もろうとります」

捕虜編成表

米軍　団　長　キングス少将
　　　副団長　フォンツ少将
　　　同　　　ジョーンズ少将
　　　同　　　ウイーバー少将
　　　同　　　クラワー少将
比軍　団　長　フランシスコ中将
　　　副団長　カピンピン少将
　　　同　　　セグンド少将
　　　同　　　デ・ヘスース少将

秩序よろしき由。

——月　日。

逃亡兵四名ありたりとのこと。イルカノ兵二名、タガログ兵二名、米兵はなし。鉄条網を編んでいる数名の米兵。ガソリン罐をぶら下げてやって来る一隊。水汲みらし。四キロほどもあるサンタ・イグネシヤ川まで行かねば、よき水はないとのこと。所長の部屋の壁に、統計表のグラフがある。

「どうです。これを見ませんか」

見る。

「これ、毎日死ぬ捕虜の数ですよ」

仔細に見て驚く。はじめ、眼を疑る。なんたることとか。一日死亡者の平均が三百人。錐のごとくつき立った頂点は、四百八十七人を示している。悲惨。最近は、いくらか下り坂なるも、それでも、なお、二十人平均は死ぬという。

「展望しませんか」

誘われて、高い櫓にのぼる。荒漠たる赤土の平原は、一見して、不毛の地たるを思わせる。開墾された畠が一部にあり、野菜らしき青物が見え、牛が二頭いる。それよりも眼をおどろかされたのは、柵外の異様な光景である。はじめ、その一角が、白い絣《かすり》模様のように見えた。よく眼をこらすと、全部それは十字架であった。何千あるか、何万あるか、わからない。

「毎日、二百人、三百人、四百八十七人なんて死なれると、処置なかですばい。昨日は友だちの死骸をはこんで、墓穴を掘ったのが、今日は自分が埋められる。水は悪いし、伝染病ははびこる一方だし、医者も薬も充分にはないし、防ぎようがなかったです。どんどん運んで、穴に埋める。そんなに死なれては、間にあわんので、大きな穴を掘って、五人も十人もいっしょに埋めたのもある。屍臭があたりにはびこって、飯も咽喉を通らない。十字架は、死ぬのを予定して、この付近にあるネグリートの大工に、前もってたくさんつくらせたんですが、ひところは、追っつかなんだです。もう自分は死ぬときめて、墓地へ出かけて、自分で穴を掘って、中に入っていたりした捕虜もあります。わずか一ヵ月ほどの間に、二万以上も死んだでしょうかなあ。このごろでは、米兵捕虜の軍医や、看護兵たちが、医務室を開設してやってくれるようになったんで、大いに助かっています。連中、真剣ですよ。設備や薬品がととのわぬうちに、ばたばた死んでしまって、いまさら追っつくことではありませんが、ともかく、惨憺たるものでした。……行ってごらんになりますか」

「どこへです？」

「墓地にです」

「いや、結構です」

聞いただけでさえ、胸がつまるものを、なんで、現場で見物などできようや。白絣模様のように見える何万という十字架が、自分の眼と、胸とを刺す。この不幸、この罪と責めとは、何人が負うべきや。自分の脳裡に、ふっと、奇妙な幻影がおこる。居ならび横たわった骸骨の列、そして、その足が、全部、鎖でつなぎあわされている。そのまわりを青々とした海水が流れ、昆布がゆらめき、魚が泳いでいる。その突然の幻視は、しかし、瞬間ののち、自分の胸に納得された。出征前、読んだことのある西洋文化史のなかで、強烈に印象されていたものが、いま、眼前に見る事象の感動によって、よみがえったのだ。

往昔、西洋における海戦に用いられた軍船は、帆のほかに、奴隷の力によって、動いていた。船艙の両側に、数百人の奴隷漕手が、穴から船腹の外にはみ出ている長いオールをつかみ、鞭をもって、掛け声をかける兵隊の合図によって、漕いでいたのだ。そして、彼らは、ことごとく足を鎖で連結されていた。カルタゴやアテネの海戦は、はなやかで、壮厳な詩情に満ちているが、その軍艦の船底には、こういう奴隷がいたのだ。

激突した艦船は、石火矢をくらい、火を発して沈没する。戦闘員たちは波のうえに浮くが、のがれることのできぬ奴隷たちは、船とともに、海底に沈む。そして、幾世紀が経つ。近世になって、潜水術が発達する。海底の探険がはじまる。すると、潜水夫は地中海の海底に、異様な白骨の列を見るのである。多くの横たわった骸骨たちの足が、腐蝕した一本の鎖で、むすびあわされている。

自分は、そのことが、強く頭にこびりついていた。それがいま、忽然と、浮かんできたのは、むろん、いま、十字架の林立した墓地に眠っている数万の屍骸を見たからである。それが、目白押しにならんだ骸骨として、自分の眼にうかんできた。そして、なんと、その足が、ことごとく、一本の鎖によって、連結されている。この鎖とは、なにか？　自分にもはっきりわからない。しかし、この突然の啓示のような幻影は、自分の心に、重くのしかかった。自分は、なにかの使命を感じた。

そのとき、聞こえてきた声が、自分を現実へ呼びもどした。

「捕虜たちは、ここを地獄といっておりましてね、ここから、選抜されて、デル・ピラル兵営の捕虜教育所へ行くことをみんな希望しているんです。ストチェンバーグも、カンコン草しか食えないような原っぱで、ちっともええとこじゃなかですばって、教育隊へ行くことになった連中は、天国へ行くんだと、おどりあがっているんです」

「その教育隊の隊長はだれですか」

「フランシスコ少将です。カピンピン少将という面白い将軍も、そこにいます」

「いえ、日本側のです」

「参謀部で、やっとるようですな、報道部も関係しとるようですけん、あなたなんかも、すぐ連絡がつくんじゃありませんか」

「かえって、さっそく連絡してみましょう」

自分の胸に、光明がわくのをおぼえた。地獄の中から、フィリピン人を救いだす。そして比島と、わが祖国とに、輝きをあたえる自分は、にわかに翼を得て、天を翔ける浩然の気が、身内にみなぎりきたるを覚えた。


……香月大尉は、マニラにかえると、さっそく、報道部長に願い出て、ストチェンバーグの捕虜教育隊に派遣された。補助教育委員として、一週間ほど、デル・ピラル兵営で、捕虜たちと、寝起きをともにした。

その間に、しずかに、そして、秘かに、自分の計画を練り、機の熟するのを待った。このとき、彼のビナゴナン訓練所の構想がなったのである。そして、彼は数万の比島兵捕虜たちに、毎日接触しながら、自分の眼識にかなう捕虜を物色した。そして、だれにも、このことを知らせず、ひそかに、名簿をこしらえたのである。

まず、砲兵伍長ホセ・ルサノが、まっさきに書きつけられた。ある日、なにげなく、

「釈放されたら、君は、まっさきに、なにがしたい」

とたずねてみて、

「愛する祖国の再建に、一生をささげたいと思います」

と、いう活発な返事が、すこぶる気に入った。

それから、歩兵軍曹トリダット・クルス、歩兵少尉ペドロ・アルカンタラ、工兵伍長マリアノ・インドウ、そして、つぎつぎに、彼の秘密名簿の頁はうずまり、八十名ほどが記録された。

香月大尉は、この崇厳にして神聖な計画に、ほとんど有頂点であった。彼は生き甲斐を感じ、仏に感謝した。報道部長と参謀長とが、綿密な香月の計画と、その情熱にうごかされて、(その主旨に賛同したことはいうまでもない)、ラグナ湖畔のビナゴナン訓練所は、急速に実現された。建物の落成と同時に、香月の名簿に書きとどめられた百名ほどの元比島兵へ、ビナゴナン訓練所へ入所すべき軍命が発せられた。

そのころ、すでに、釈放されて、市民となり、また、家郷にあって、商売、農耕に従事していた元捕虜が、指定の日に、ビナゴナンへ集合して来た。彼らは、驚愕したけれども、占領軍の軍命令は、絶対であった。しかし、八十名のうち、実際に集まったのは、四十八名であった。再度、厳命を発したが、四名が増したばかりで、あとは杳《よう》として消息が知れなかった。

訓練所は、百名を収容し得る設備があったので、生徒の募集をした。新聞、ラジオ、ポスター、軍布告、伝単等、あらゆる方法で報道部得意の宣伝をした。すると、当日応募して来たのは、わず

か十一名で、奇妙なことに、そのうち、六人が女であった。

「成績があまりよくないね」

報道部長が意外そうに、そういうのへ、

「いえ、結構です。瓦がいくら集まるよりも、玉が少数の方が、かえって効果的です。フィリピン人の知識がひくいのはあきれますが、まず、六十人を迎えたのですから、最初の出発としては、申し分ないでしょう。第一回生が卒業したら、真価がわかって、二回目からは応募者が殺到すると思います。ことに、女が六人、志願して来ているのは、興味があります。わたくしにおまかせ下さい。いまに、部長によろこんでいただく結果をこしらえて、ごらんに入れます」

こうして、風光絶佳、ラグナ湖を一望のもとにおさめる高原の訓練所において、前述したような教育が開始されたわけである。ところが、将来、祖国の柱石となるべき生徒たちが、昔の地獄をなつかしがりはじめたのであった。オオドネルが、いかに凄惨をきわめた地獄であったか。そして、いかに、一日も早く、ここからのがれたいと焦慮したか。しかし、いま、ビナゴナンの錬成道場に来てみると、その恐ろしい地獄さえも、生徒たちには。楽園であったように考えられて来たらしい。もとより、このことを、香月大尉は、知らなかったばかりではなく、夢寐《むび》にも想像すらしたこともなかった。

青年学徒たちのほとんどは、三つの死を超えて来た者たちであった。バタアン戦場で多くの者が死に、バタアンからオオドネルまでの行進で、数千の者が倒れ、オオドネルで、さらに、多くの者が死んだ。そして、やっと幸運にも家郷へ帰れたのに、またも、死の恐怖のなかに呼びかえされたのである。しかし、香月大尉は、毎日のように、これらの生徒たちに、

「諸君ほど、幸運な者はない、諸君は、選ばれた人間だ。選ばれたということはまた、最上の光栄でもある」

といっていた。

「どうだ、そう思わないか」

「思います」

という答えを得て、香月は満足げに微笑するのだった。のちに当時の軍司令官本間雅晴中将が、戦犯としてその責を問われた「バタアンの死の行進」も、彼らの忘れることのできぬものだった。バタアン戦場から、オオドネルまで、百二十キロちかい道程は、疲労困憊の極にたっした亡霊のような捕虜たちには、たしかに地獄の剣の山へ追いあげられる気持だった。半島の南端、マリベレス湾の郊外から、カブカペン、ハマイ、バランガ、オラニ、サンフェルナンド、アンヘルス、カパスと辿ってゆく炎熱の道は、文字どおり死の道だった。乾季と雨季と半年ずつ別れているフィリピンでは、乾季の酷暑は、釜のなかにいるようだ。火山灰の神楽の舞うバタアンを出はずれぬうちに、多くの者が歩行の自由をうしない、道路ばたに倒れて息絶えた。まれに水のあるところには何百人というものが列をつくっていたが、順番の来ぬうちに、動けなくなってしまう者もあった。トラッ

クで運ばれたならば、このように多くの死者は出なかったであろう。

かくて、気息奄々として、オオドネルに到着した者も、つぎつぎに、恐ろしい統計が示したように、一日に二百、三百、四百、といって死すべき因が、この行進によってつくられたのである。戦場から歩いてきた者は、負傷者以外一人として、マラリア熱、デング熱、アミーバ赤痢、栄養失調、神経衰弱にかかっていない者はない、といってよかった。長途をえんえんとつづいてゆく列に、砂塵を浴びせて、べた金や、参謀肩章をつけた将校たち、日本の兵隊の乗ったトラックが往復した。

第二区隊のマキシミノ・フランコは、仲間のうちでは目だつ端正な顔立ちだが、そのときの恐怖と絶望とを、つぎのように語ったことがある。夜の茶話会のときだった。

「私は、二度も死んでいたのです。デング熱にやられて、全身、黄疸でまっ黄色になり、杖にすがって歩いていましたが、足が地についている感じはまったくありませんでした。かっと燃えている焔のながれのなかを、宙に浮いているような気持なんです。私は渾身の力をふるって、歩いていましたが、とうとう、意識をうしなって倒れました。どれくらい経ったか、私は妙な感覚で、息をふっかえしたのですが、いきなり、また、顔を伏せて、どこか深いところへ転がり落ちました。そのとき、強く頭を打って、かえって意識がたしかになったのですが、笑わないで下さいよ、私にとっては笑いごとどころじゃない。私が死んでいたのに蘇生したのは、だれかが、道の上から私の顔に、というより、口のなかに、小便をしたらしいのです。それは、だれかわからなかったですけれど、あの道で、元気に小便のできるのは、日本の兵隊さんだけじゃないかと気づいたんです。実際、私たちは道ばたにへばったまま、ズボンのボタンをあける力もない、そのまま、たれ流していたんですよ。

そんなとき、勝つも負けるもない、敵も味方もない、ただ戦争というものが恐ろしくなるんですね。私はやっと穴を這いだして、また、杖にすがって、歩きだしたんですが、また、倒れたんです。なにも食べていないもんですから、足が前に出ないんです。そして、横だおしになったまま、また、死にはじめました。もう死ぬ、今度は助からない、そう思っていると、神経も感覚も麻痺していて、ずうっと、深いところへ引き入れられてゆくような、いやな気持だけがある。泣くにも声は出ないし、涙なども、もとより出ない。ああ、だんだん死んでゆくな、と、別に考えることもなくて……」

「マキシミノ」

と横から、一区隊のクリスピン・ミソオが口を出した。

「なんだい?」

「君は嘘をいっている。そんなとき、なにも考えることがないなんて、嘘だ。僕は知ってるぞ。君は出征前に、結婚したばかりのおかみさんのことを考えていたはずだ」

「そんな馬鹿な」

ひどく狼狽したマキシミノは、あたりをきょろきょろ見まわして、かっと赤くなった。石田通訳や一木軍曹は、その意味を理解したが、香月所長は、不機嫌に、

「クリスピン、人の大事な話をまぜかえしちゃいけない」

とだけいった。

隅にかたまっていた第四区隊の女性群のなかに、異様な動揺のおこったことも、所長は気づかなかった。カリエダット・オカンポと名乗っている女隊員が、マキシミノの妻であることは、もう隊

員のなかで、知らぬ者はなかった。いずれにしろ、人間の生涯に一度来るか来ないかという死の地獄を、短い期間に何度も経験した人間ばかり集まっている場所では、正常な感覚や思想のよりつけないような錯倒があらわれることは、やむを得ないかも知れない。よその地獄の丁目ばかり勘定していた香月大尉が、自分が地獄の行きづまりの袋小路にいたということは、最後まで、気づかなかったのである。

「忍耐が真の勇気をつくる」

香月大尉の信念は頑固一徹で、このスローガンに添う訓練は、さらに苛烈さを加えた。ラグナ湖の断崖をわたる演習は、その後もつづけられた。ひとりも落ちるものがなくなるまでやるのだと、所長はいった。そして、生徒たちが、いつまでも馴れないでいる間に、二人の溺死者を出した。

「新生比島の国造り」

「シンセイヒトウノクニヅクリ」

「清めよ、祓えよ」

「キヨメヨ、ハラエヨ」

「ええいッ、ええいッ」

「エエイッ、エエイッ」

この鸚鵡《おうむ》がえしは、日夜、ビナゴナンの高原にひびきわたって、香月大尉の心境を、さらに清澄にさせるところがあった。

「着々として、成果はあがりつつあります」

報道部長、参謀長、軍司令官などにたいする香月の報告は完璧で、視察の折りには、じつにあざやかにそのことが証明された。

ある月明の夜、香月大尉は、運動場から突端につづく椰子林を一人で歩いていた。すると、あかるい前方に、ラグナ湖を背景にして、もつれた二つの影のあるのを認めた。足音が聞こえたのであろう。ふりかえったその影は（たしかに、男女であったが）あわてて、右手のニッパ椰子の繁みにかくれてしまった。二十秒ほどの間、しいんとしていたが、急に、ささやき声が高くなり、いきなりひとつの影が、こちらに向かってとびだしてきた、第四区隊のリガヤ・アルギリヤであることは、すぐわかった。女は、ちらっと香月を見たが、顔を掩《おお》うと、そのまま、建物の方へ走り去った。窓々には、電燈があかあかと点いて多くの人影がちらついている。足音にそれらの影がうごき、走って来るリガヤへ、いっせいに視線が投げられた。リガヤは、いちばん南端にある四区隊の宿舎の黒いなかに吸われて見えなくなった。

「そこにいるのは、だれか」

ゆっくりした足どりで、香月はニッパ椰子の繁みに近づいた。返事がなくて、のっそりと黒く大きな影があらわれた。フィリピン人同士だとばかり思っていた香月は、それが、所員だったので、ちょっとおどろいた。

「矢倉軍曹じゃないか」

「そうであります」

矢倉の声は落ちついていた。

「そこで、なにをしていた？」

「ごらんになったとおりです」

「リガヤ・アルギリヤだったね」

「そうですか」

「リガヤじゃなかったのか」

「名前は知りません。どうも、女の名を覚えきらん男でして、ましてフィリピン人の面倒な名など、舌を嚙みそうで、いえません」

「リガヤと、なにをしていた？」

「だから、ごらんになったとおりです」

香月大尉の鳶のような眼が、このふてくされた兵隊の態度に、あやしく光ってきた。

「生徒たちには、不倫な男女関係は絶対に禁止してある。士道訓、婦道訓で、がんと頭に叩きこんである。だから、ついぞみだらがましい事件の起こったことがない。聞いたこともない。それを、教官として範をたれねばならぬお前が、どうして破るのか？」

「破ったわけではありませんです。あの女から惚れられましたのであります」

「いい加減なことをいうな、女は逃げたてではないか」

「所長殿がお見えになったからです。二人で仲よく遊んでおりましたのに、所長殿の姿を見て、リガヤが恥ずかしがったのです。矢倉をきらって逃げたわけじゃありません。所長殿が、いつも、やかましいもんですから」

「秩序を紊《みだ》してはいけない」

香月のするどい声に、負けずに鋭い声が反射してきた。

「秩序をみだしたことはありません。秩序をつくったのです」

「秩序をつくった？　詭弁を弄するな」

「詭弁ではありません」

矢倉は、爆発した噴火山のように、上官のうえに、火山灰を降らせてきた。

「所長殿、人間は、人間扱いして下さい。機械じゃありません。矢倉はまじめなんです。いまの女と、結婚する気持になりかかっていたんです。今日で、二度目です。女の方から誘われました。いつぞや、大腸カタルをやったとき、診察してやったときの親切とうれしさが忘れられないというんです。これ、悪いことですか。男と女との自然の感情が流露しあうことが、罪ですか。所長殿は、えらい方です。正直、敬服しております。しかし、あまり、えらすぎます。人間は、人間のように扱って下さい。矢倉は、衛生兵ですからよくわかりますが、このごろ、生徒たちの健康は、あたりまえじゃありません。所長殿が、精神を鍛えあげるために、猛訓練をされることは、矢倉にもわかります。しかし、生徒たちの健康は、日とともに破壊されて、現在では、どこかに故障のない者は一人もいないくらいです。こんなところで、こんなふうにではなく、いつか、よくお話しするつもりでした。でも、いいです。いつ、どこでいったって同じだ。所長殿は、えらすぎて、人間ばなれをしすぎています。所長殿は、自分では得意らしいけれど、生徒たちは、所長の思想の半片だって、理解してはいませんよ。そんなこと、お考えになったことが、一度でも、おありですか」

「お前なんかには、深遠な思想はわからない」

せせら笑うように香月大尉はいった。ひろい衝立のような胸が、いっぱいに月光を反射している。

「思想のことは、おあずけにしましょう。矢倉は無学です。所長殿は、大学者で、軍司令官も、参謀長も、所長には、一目おいているということだから、矢倉はすなおに引き下がります。だけど、矢倉は、人間であることでは所長に引けはとらんです。所長は、お気づきにならんが、生徒たちは、毎夜、人間本来の情感にひたって、男女のむつみあいを楽しんでいますよ」

「でたらめいうな」

「所長、第四区隊の女子生たちは、みんな、男子生たちと関係があるんですよ。細君か、恋人です。矢倉は、女の名前をおぼえるのは苦手だから、名前ではいえぬが、顔見たら、だれがだれのと、すぐいえます。しかし、これは当然のことですよ。夫や、恋人を慕う女たちが、ともに暮らしたいと考えるのは、自然の情ではありませんか。教育期間中は清潔に、というのが所長の方針のようですが、彼女らは、適当に、夜々を楽しんでいますよ。しかし、それは不潔でも、淫らでもないことです。賞讃してやってよいことだと思います。ヴィクトリオが死んだときに、リワイワイが逃亡しましたが、これとて当然のことです。捜索隊を出したり、射殺してもよいなんて、矢倉はあきれていたんですよ。

所長、言葉がすぎました。申し訳ありません。きっと、所長は怒られておられるでしょう。でも、矢倉は、率直に真実を申しました。四区隊のうち、あの女だけが、リガヤとか申しましたな、独身です。彼女は率直な女で、矢倉を誘惑しようなんて考えてはいなかったにきまっています。矢倉も、リガヤの愛に答えようと、真剣に考えていたんです。事情が許すなら、結婚してもいいんです。これが不倫ですか。悪ですか。罪ですか。むしろ、人間の正しい秩序の建設ではありませんか。……所長、矢倉は、……」

「よし、もう黙れ」

「それ、命令ですか」

「命令だ」

「命令なら、黙ります」

「帰れ」

矢倉軍曹の足音が背後に消えると、香月大尉は、冲天に冴えている十八夜ほどの月に対して、傲然として、胸を張った。遺っている日記に、この夜のことが書いてあるが、投げつけるような鉛筆の走り書きで、矢倉軍曹との出あいを、簡単に記述したあとに、

「……枝葉末節にばかり捉われて、大理想は、すべての人間と民族の頭脳から蒸発してしまっている。鎖につながれた骸骨だ。清めよ、祓えよ、エエイッ、エエイッ、エエイッ」

——と絶叫している。

エピロオグ

フィリピンにいた時代、私は香月大尉と、報道部で、しばらく暮らしたことがある。昭和十七年、

徴用で渡島し、その年末までいた私は、翌年、香月大尉が、一大悲願のもとに建設したというビナゴナン訓練所のことを知らない。後になって、文献や日記を見せてもらったり、復員をしてきた関係者の話をきいたりして、その全貌を知ったのである。

オオドネル、ストチェンバーグなどには、よくいっしょに行った。だから、彼の頭のなかで、しだいにつくられたこの訓練所の構想は、私には、よくわかる。彼とは、報道部で机をならべ、ともに仕事をしたり、ときには喧嘩をしたり、酒を飲んだりして、人柄もだいたい知っていた。

香月大尉は、最後まで、彼の理想に殉じた。横死したのである。それは、彼が司令部と、比島政府との共同主催による宣伝会議に列席のため、ビナゴナンからマニラへ行く途中の出来事だった。あまり高くない稜線が両方からせまっている隘路のようなところを、自動車で走っているときに、匪賊の襲撃を受けたのである。乗っていたのは、運転手だけで、すぐに、自動車をとめ、表に出た途端に、一発の小銃弾が、彼の頭から、頭蓋骨をまっすぐに貫通した。運転手は、大腿部と肩とに二発、弾丸を受けたが、かろうじて、逃げることができた。のちに救援隊が現場に行ったときには、香月大尉の遺骸は、どこにもなかった。したがって、遺骨箱は故国へ帰ってきたが、中には、木札が一枚入っているだけであったという。

死の瞬間まで、香月大尉が、自分の育てたビナゴナン訓練所の壮大な成果を疑わなかったことは、言をまたない。第一期訓練の成績と、第二期生教育に関する綿密なメモが残っている。それによれば、さらに、訓練所は規模を拡充されるようになっていた。

ところが香月大尉の死後、ビナゴナン訓練所は雲散霧消した。遭難のつぎの日に、建築物は灰燼に帰して、生徒は一人残らず逃亡した。憲兵隊で行方を探したけれども、二人捕えられただけで、あとは、全然、消息がわからなかった。二人は、妻子に別れを告げるために、家郷へ帰ったところを捕えられたのである。別れと同時に、山中に隠れ、匪賊に報告するつもりだったと白状した。それによって、他の生徒たちが、全部、いずくかの山中に隠れたことが判明した。

香月大尉の自動車を襲撃した匪賊が、生徒たちと連絡があったか、なかったか、最初は両説が対立していたが、後には、あったことが通説になった。香月大尉が襲われる前日に、ひとつの事件が起こっている。一木軍曹が、四区隊のノルマ・レイエスをおかしたのである。一木は目的はたっしたが、そのつぎの日の暮れがた、死体となってラグナ湖の岸辺に打ちあげられた。

第一区隊長ペドロ・アルカンタラの姿が見えなかった。ノルマもいつか消えていた。石田通訳の証言によって、ノルマはアルカンタラの妻であったことがわかって、事件の性質はあきらかになった。ビナゴナン訓練所の火災も、放火であることは明瞭である。やつぎばやにおこったすべての事件が順序正しく関連していることで、この事件の性質は、ほぼ正確に理解された。

生徒たちの失踪と同時に、矢倉軍曹も行方を絶った。最初は、一木同様、殺されたのではないかという臆測が有力だったが、これも、石田通訳の解釈、リガヤ・アルギリヤと行をともにして、奔逸したのだという説が正しく思われる。

米軍レイテ上陸以後の惨憺たる日本軍の敗北から、全面的降伏への過程は、人々の知るとおりである。復員してきた石田通訳は、私に、つぎの二つのことを話して、自分の経験談の結語とした。ひとつは、香月大尉の留守家族を訪問して来た感想。

――どうも、おどろきましたな。思いのほかの寒村、そして、破れ寺で、住職なんて名が、おかしいくらいでしたよ。それに、香月さんは大学から帰ってきても、ちっとばかりの学問を鼻にかけて威張る、おまけに、偏屈で、頑固で、人のいうことなどてんで聞かない、したがって、近所の者から嫌われるし、檀家ははなれるし、まあ、村の鼻つまみ者で、年中ぴいぴいしとったらしいですよ。

そんな、自分の村ひとつ持てあましていた人が、フィリピンに来たら、比島を背負って立つだけでなく、東洋と、祖国とを、万代の泰きにおく、たいへんなことになるものですな。老母と、孫がひとりおりましたが、私がフィリピンでの生前のことを話しましたら、いつも女房の尻の下に敷かれていたんで、その腹いせに、フィリピンやら、東洋やら、お国やら、いろいろ尻の下に敷く考えを起こしたもんでしょうと、笑っていました。奥さんは、去年、肺炎で死んだそうです。香月大尉の従兄とかいうおとなしそうな人が、寺をついでいたようでした。

もう一つは、終戦になってみて、わかったことだが、米軍とともに、日本占領軍に抵抗した山中の義軍、これまで日本側で、敗残兵、匪賊と呼んでいた部隊のなかで、もっとも目ざましい活躍をしたもののなかには、かならず、ビナゴナン訓練所の学徒がいたということ。

彼らははじめは固まっていたらしいが、その有能さを買われて、しだいに分散し、大部分が指導者になった模様である。香月大尉の教育方針は、立派に実を結んだわけである。矢倉軍曹と、リガヤのことは、いまだになにもわからない。

白宮殿

火野君、
入れ歯したんで、いくらか見よくなったろう。まだ、この年で、総入れ歯でもないが、どうにも、そうしなければ、みっともないので、思いきってやった。

「ひどい口になったね、まるきり、七十の爺みたいじゃないか」

フィリピンから引き揚げてきて、まっさきに、僕が君を訪問したとき、君は変わりはてた僕の顔を、穴のあくほど見て、そういったね。たしかにいわれる価値があった。僕の歯は、上下合わして、六本しか完全なのがなかったのだから、空洞のようなかっこうになっていたものね。まだ、四十に間があるのに、そんな歯抜けになるわけはない。

「これ、敗戦の残骸だよ」

と、僕が笑ったら、

「敵兵からでも、折られたのかね」

「いや、そうじゃないんだ。ひとりでに、もげて落ちたんだよ。腐ったんだな」

「どうして?」

「だって北ルソンの山奥に逃げこんで、まるきり、人間の食うものでないいろんなものを、手あたりしだいに食ったからな。飢餓という文字は、前から知っていたし、その概念も理解していたが、自分が実際に飢えてみて、僕らの知識がいかに口甘ちょろいか、わかったんだ。乞食とか、餓鬼とか、獣とか、そんな生やさしいもんじゃない。地獄という言葉も、遠いほどだ。とうてい、真実を表現する言葉がない。君も、一度その状態におちいらねば、ほんとうのことは、わかるまいよ。しかし、ともかく、生きることだけはできたんだから、まず、ありがたい。身体も、このごろは、やっと、この程度に恢復した。しかし、この通り、歯だけは駄目だ。みんな、ぼろぼろ、腐って抜けてしまうんだ」

僕のむざんな歯の残骸を見て、君は、やっと、僕のしてきた苦労の度合いに思いを馳せたようだったが、そのときは、僕は、まだ、フィリピンでのことを語る気持の余裕がなかった。また、歯なしの口では、ろくにものもいえぬ始末なので、ともかく、僕のぶじ帰還を君につたえることだけで満足して、かえったのだ。

こうして、歯もすっかり整ったら、また、気分も新たになった。いろいろ話したいことが多いのだが、まず、僕がどうしても忘れられない、おそらく、僕の脳髄に一生こびりっいているのであろう、ある事件、この歯にもいくらか関連のある、山中の悲劇について、聞いてもらおう。

君も、バタアン作戦の年には、マニラに十ヵ月もいたのだから、向こうのことは、承知のはずだ。不必要な説明は、すべてはぶく。君がいたころにも、浪花荘、さくら荘、水月、カサマニヤ、次郎長、などと、日本人経営の飲み食いするところはたくさんあったのだが、君が帰った後にできた白宮殿《ホワイト●パレス》は、まず、ちょっと豪華版だった。カサマニヤが五人の女給を擁し、ネオン・サインもきらびやかに、夜となれば歓楽の殿堂と化して、心ある人々の眉をひそめさせたが、白宮殿は、もっとこれに輪をかけたものだった。

マニラ湾にのぞんだパサイの一角に、もと、公会堂かなにかのコンクリート建ての三階があった。戦火をうけ若干破壊されていたが、これを、大阪道頓堀でカフェをやっているとかいう高尾銀六なる男が買収して、キャバレーにした。修築が成って開店すると、みちがえるような白亜の殿堂に変わって、名も、白宮殿——ホワイト・パレス、赤と緑のネオンでWHITE PALACEの文字が、天空に明滅する。麗人女給八十人、酒、ビール、料理、ダンス、アクロバット、アトラクション、というわけで、たちまち、マニラの一大歓楽場となった。

「あまり、ああいう設備は許可しない方がよいのではないか」

司令部でも、真面目な参謀のなかには、それを憂える者もあった。

「地方の警備や、討伐などでは、立派な働きをした将校などがマニラに出張させると、みんな駄目になる。骨抜きにされてしまう。それというのも、マニラが好すぎるからだ」

「たしかにそうだ。白宮殿みたいなのがあると、マニラを離れたくなくなるからな」

「今は、そう酒や女にうつつをぬかしていて、よい時期ではない。ガダルカナル島は、米軍の手にわたったし、反攻の気勢は、まっすぐに、フィリピンを指向している。バタアン戡定《かんてい》以後、方々の山中にいる敗残兵は、猖獗をきわめるばかりで、容易に討伐の成果があがらない。そいつらと連絡のあるスパイは、マニラのいたるところに潜入している。まだ、表面にはあらわれぬが、重大な危機が近づいているのだ。だのに、あの乱痴気騒ぎは、じつに、心外だ」

僕は参謀部の通訳をしていたので、こういう会話を、よく間近にきいたものだ。そして、真面目な参謀は、同僚たる佐々島中佐のことについても、ひとかたならず、心を痛めていた。

「白宮殿の開設には、佐々島がずいぶん、骨折ったらしいが、どういうわけかね」

「大阪で、佐々島が高尾銀六を知っていたというんだよ。高尾が、たよって来たんだ。よくある奴で、それは、まあ、しかたがない。佐々島も男気のある奴だから、許可や、買収、開店のことなど、いろいろ骨折ったものだろう。ところが、どうも、後がいけないんだな。佐々島は、もう、あの松岡津紀江という女に首ったけなんだ。いまから考えると、高尾が、最初、司令部に挨拶に来たとき、四、五人、女をつれていた。そのなかに、津紀江がいて、そのときから、佐々島は、もう魂が抜けていたんだ。このごろは、仕事の方はほったらかしで、毎晩、白宮殿通いさ」

「そんなに、いい女かね」

「うん、まあ、いい女だな。君が見ても迷うかもしれん」

「冗談いうなよ。それで、その女の方は、どうなんだい、佐々島に?」

「それがねえ……」

虹と、花と、絵具箱を、ひっくりかえしたような絢爛さで、白宮殿の内部は、わきたっている。ジャズ音楽が、間断なく、場内をゆるがし、歌声、怒号、嬌声、笑声が、一大交響楽を奏でる。酒と脂粉と煙草のにおいで、むせかえるようだ。

僕も、同じく参謀の通訳で、浜口という、永く、イサックベラル街で、靴屋をしていた男と、よく、白宮殿へ通った。ここは、奏任官以上でないと出入りできない。また、貧乏人の行けるところではない。したがって、兵隊の姿は見えない。いわば、特権階級だけのパラダイスだ。

僕は、金はなかったが、まあ、ときどきは、のぞくことができた。僕がいつ行っても、かならず来ているのは、佐々島参謀だ。そして、佐々島参謀のそばにはいつもかならず、松岡津紀江がいる。

主人の高尾銀六が、大阪から精鋭をすぐってきたと豪語していたとおり、八十人ほどの女給は、たしかに垢ぬけして、美人揃いといってよかった。そのなかで、津紀江はとくに目だつというほどでもないか、女としては上背の、すらりとした身体つき、ふっくらと豊かな、そして明るい感じの色の白い顔、顎のあたりの線が魅惑的だったが、それより、一重瞼《ひとえまぶた》の大きな眼と、ひきしまった唇とが美しかった。二十三、四だったろうか、振り袖を着たり、洋装をしたりしていたが、そのどちらもよく似あった。

津紀江を、毎夜、佐々島は独占している。女給には、順番があるのだが、そんなことは、彼の権力をもってすれば、なんでもない。

「津紀江は、佐々島参謀の女だ」

ほとんどが、そうきめていた。情報参謀としての佐々島は、一種の雷名を持っていて、だれもが彼の逆鱗にふれることをおそれ、腫れものにさわるようにしていた。

「津紀江には、手だしするな」

女たらしの助平連中も、そういう具合に敬遠して、佐々島中佐と津紀江とを、はじめから特別席においていた。他の女給は、それぞれ、恋の葛藤の絶え間がなく、悲喜劇をしきりとつくりだしていたのである。

ところが、実際は、津紀江は佐々島中佐の女ではなかったのだ。弱い客商売の津紀江は、呼ばれれば、佐々島のボックスへ行ったが、他人が取り沙汰していたように、佐々島は彼女を獲得はしていなかった。僕は立ち聞きしたことはないので、忖度《そんたく》してみるにすぎないが、

「君は、どうしても、僕のいうことが聞かれないのか」

「あたしは、店でお客様のお相手はいたしますが、身体だけは、きれいにしていたいと存じておりますの」

「君はそしたら、処女なのか」

「どうして、そんなひどいことをおっしゃいますの？ あたしは一度結婚いたしました。しかし、半年あまりで夫に死なれました。それで路頭に迷っておりましたところへ、マニラ行きの女給募集がありましたので、参加いたしましたのです。あたしは、みだらに身体を持ちくずしたくはありません」

津紀江が、すでに、男を知っているということは、どことなくその身体に、あるなまめかしさとなってあらわれていて、さらに津紀江を色っぽくしていた。争えぬものだ。それが、また、いっそう佐々島参謀を刺戟して、もうせつなさで、やりきれなくするのだ。

「夫に操をたてているというわけか」

「いいえ、そんなでもありません。そんなに純情な津紀江じゃありませんわ」

「そんなら、適当な男がいれば、操をささげるというのだね」

「ええ」

「僕は、その適当な男じゃないのか」

佐々島参謀は、歯がみするようないいかたで詰めよる。右手で、津紀江の肩をしっかりと抱き、左手で、女の手を握っている。そして、顔を頬につけんばかりに寄せている。遠くから見ると、いかにもしんみりしたラブ・シーンだ。

参謀は四十をいくつか超していた。頭脳が明敏なのと、その積極性、果断な行動とで、軍からも、高く買われて、はじめは、作戦参謀だった。主作戦が終わり、討伐、それに、アメリカ反攻に付随して、島内の情勢が微妙になってくると、情報の仕事が重大になってきて、そちらへ回された。ここでも、佐々島中佐は、その特長をよく発揮した。重要な情報を蒐集するとともに、憲兵隊と連繋をとり、敵と内通しているスパイ、オルグ、ゲリラ等を、苛責なく検挙して、処断した。彼に殺された比島人は多い。鬼参謀という呼び名は、比島人の間に宣伝された。

その性格は、顔にはっきりあらわれている。色の浅ぐろい、ひきしまった顔、濃くたった二本の眉は、かんのつよさをあらわして、心臓の動揺の、バロメーターのように、上下左右に動く。するどい眼、いつも内側にまくれてるほど、きっと、結ばれているうすい意志的な唇、鬼といわれたが、むしろ、端正な男性的風貌だ。女がきらって逃げる顔ではない。佐々島参謀は、津紀江が自分になびかないのが、不思議でたまらない。これまでの女は、金の飾緒をつけた参謀はあこがれの的で、佐々島からいいよられて、いやな顔をした女は、一人もいなかった。

「僕は、君の適当な男じゃないのか」

そういうとき、佐々島は、妙にさびしいのである。強気一点張りのドンキホーテといわれた男なのに、津紀江の前では、ふにゃふにゃになっている。

「ともかく、あたしにさわらないで下さいまし」

津紀江は、最後の場所に行くと、鉄壁を築いてしまう。接吻も許さない。酔いを発した佐々島中佐は、ときに激昂して抜刀し、キャバレーの中を暴れまわることがあった。津紀江を、刀で威嚇もした。しかし、彼女は負けなかった。こういうことが、ただで、すむわけはなかった。

白宮殿の親父も、気が気でなく、しきりと津紀江を口説いた。高尾銀六にしてみれば、佐々島参謀に報いるよい機会であるし、また、女は、参謀に目をかけられることを光栄に思うはずだときめている。

「お前の考えが、わからへんな、飛びついて行きそうなもんやが」

躍起となった銀六も、いくら説教しても効能がないので、あきらめてしまう。心の問題だから、これればかりは、どうすることもできない。どこかで、二人きりで会わせたいと画策するが、津紀江がどうしても行かないので、しかたがない。引っくくって、強姦すれば、できぬこともないが、佐々島も立場と外分があるので、そこまではできない。あわれな失恋男たる参謀は、ただ一日も女の顔を見ずにはおれないので、白宮殿に毎夜やって来るだけだ。銀六も、手を焼いて、参謀の勘定をサービスするくらいのことで、お茶をにごしている。

ところが、この恋のために腑抜けになった参謀が、思いをとげる日が来たのだ。

佐々島中佐は、夜は白宮殿で暮らしていたが、昼間は司令部で、情報の仕事をやっていた。昼も女の幻に責められて、ぼんやりしていることが多かったけれど、それでも、持ち前の堅確な頭脳と判断力とは、ときどき見る書類のなかにも、成果を生みだした。

ある日、部下の大尉を、机の前に呼んだ。

「片山大尉」

「はい」

「このごろ、スパイは悪質になっているようだな」

「そうでありますか」

「そうでありますか、ではない。そんな暢気なこといっとったら駄目だよ。このごろ、北ルソンの遊撃隊は、大隊編制になって、幾人も、スパイをマニラ市中に放っている。そして、有力な連繋綱ができかかっている。……自分が、これから、名を呼ぶ者を、書きとってくれ」

片山大尉は、ペンをとって、陸軍の赤線の罫紙をひろげた。

「おっしゃって下さい」

「いいか。……ベエヴュウ・ホテル階下、理髪店主人ヴイセンテ・トレンチノ、おなじく、エレベーター運転手パブロ・レイエス、城内入口、水族館切符売りヴイクトリオ・サントス、白宮殿料理人ホセ・イカシアノ、キャポ市場溜りのカロマタ馭者アウナリオ・オカンポ、それだけだ」

「復唱します」と、副官は、写しとった名を呼びあげて、

「間違いありませんか」

「うん、違ってない」

「これを、どうなさるのでありますか」

「憲兵隊に通報して、ただちに、逮捕だ」

電撃のはやさで、この検挙は行なわれた。

こういう種類の検挙は、これまで、何度もやられてきたもので、これだけなら格別のこともなかったのだが、そのときの逮捕者のなかに、一人の白宮殿料理人が加わっていたことで、これまでとはちがった変化がおこった。

どこの店でも、フィリピン人のコックやボーイを使っていたが、白宮殿にも、六人の料理人と、八人のボーイとがいた。どれもまじめによく働く連中ばかりで、雇主も目をかけていたのだが、はからずも、コックの一人、ホセ・イカシアノが検挙されて、銀六もおどろいた。

ホセ・イカシノアは、三十には間のある、快活で、実直な腕ききの料理人で、銀六のもっとも信用していた男である。希臘《ギリシャ》の彫刻を思わせるような、彫りのあざやかな整った顔立ちで、その澄んだ眼は人なつこく、だれからも愛された。他のコックがなまけていると監督し、率先して、働いた。それが、敵のスパイで、しかも、遊撃隊大隊長、大尉であったのだから、銀六の呆気にとられたのも無理はない。

ところが、もっとはげしく呆気にとられた者があった。それは、松岡津紀江と、佐々島参謀とであった。津紀江は自分の恋人が意外にも恐ろしいスパイであったことで呆気にとられ、佐々島は、この検挙がもとで意外にも、これまで鉄壁のかなたにあった津紀江が、すすんで自分の床のなかに入ってきたので、呆気にとられた。

ホセ・イカシアノと津紀江とが、深い恋仲であったことは、仲のよい女給の数人は知っていた。そして、同僚は、二人の真剣な恋がいつか結実する日のことを祈り、佐々島参謀から、無理恋をしかけられている津紀江を気の毒がっていた。ところが、そのホセが、スパイだったのである。松岡津紀江のおどろきと歎きとは、どんなだったろう。ほとんど、全世界が暗黒になるような思いがしたに相違あるまい。しかし、勝気な彼女は、悲歎に暮れてばかりはいなかった。

これも、僕は立ち聞きしたわけでないから、忖度するわけだが、

「佐々島さま、いろいろ考えましたすえ、あなたのお心持を、おうけすることにいたしましたわ」

その夜、津紀江は艶ながしめで、参謀の胸にもたれかかった。

「そうか、そうか」

佐々島の顔に、灯が点いた。

「どうぞ、あなたの御自由になさって下さいまし」

「ありがとう」

津紀江は唇をうけ、男をよろこばせる技巧にみちた接吻を、はじめてあたえた。それから、

「佐々島さま、津紀江の一生のお願いがございますのですけど、お聞き願えませんでしょうか」

「なんだね、いってごらん、僕でできることなら」

「あなたでないとできませんの。今日、うちの料理人ホセ・イカシアノが捕まりましたが、あれは、

どうなりますのですか」

「明朝、死刑だ」

「ホセ・イカシアノの命を助けてやっていただきとうございます」

「？」

佐々島中佐は、この青天の霹靂《へきれき》に、団栗《どんぐり》のように、眼をみはった。敵のスパイ、しかも、遊撃隊の大隊長とわかっている男を、この日本人の女、松岡津紀江がいかなるわけで助命せよというのか。

少時、中佐の頭は混乱した。

しかし、この明敏な参謀は、短時間の間に、いっさいの事情を理解し、自己のなすべき行動をも、万事計算した。恋の前には軍紀も糞もない。彼は、津紀江がこれまで自分のいうことをきかなかったのは、ホセがいたためだとさとると、嫉妬よりも、自分の僥倖《ぎょうこう》にほくそ笑んだ。はからずも、恋敵を逮捕したことに、満足した。

ただ、津紀江から申し出られた取り引きに、軍人としての苦痛を感じたが、女への慕情の方が、軍紀よりも重かった。ホセを釈放すれば、この女が自分のものになる――もうその期待と歓喜とで、参謀は前後の考えなど、なくなってしまったのだ。

「ホセの命さえ助ければまちがいなく、僕の恋人になるのだね」

と、念を押した。

「ええ、なりますわ。でも、ホセの方もまちがいなく」

「軍人だ、いったん約束したことは破らぬ」

その夜は、津紀江は、佐々島の意にしたがわなかった。翌朝、ホセの釈放をたしかめてからといった。参謀は苦笑した。

翌日、ホセ・イカシアノは放逐された。額に焼き鏝《ごて》をあてられ、片足をへし折られて。ホセの秀でた額には、SPYという三字が、でかでかと、火で書きつけられた。右足は膝小僧の下から、うちくだかれた。しかし、参謀は、命は助けるという約束は守ったのである。

津紀江は、その夜から、名実ともに、佐々島の女になった。それまでは、どちらかというと静かな女であった津紀江は、それからは、一種狂的な、フラッパーになった。酒を浴びるほどのみ、それまで口にしたことのなかった煙草を吸い、けたたましく歌い、踊った。手のつけようがないのである。しかし、男との問題はおこさなかったので、佐々島は、津紀江の行動については、なにもいわなかった。いえなかったのである。気に染まぬ注意などして、自分から離れてはたまらない。津紀江の豊熟した肉体を、夜毎、完全に独占し得ることで、満足したのだ。ホセ・イカシアノ消息は、杳として絶えた。

昭和二十年、八月十五日が来た。日本の敗北、全面的降伏。これについて、いま、なにを語ることがあろうか。その前から、すでに、僕たちは、マニラを捨て、北部ルソンの山中に逃げこんでいた。前年十月、レイテ島に米軍が比島反攻の第一歩を印してから、だらしのない敗走につぐ敗走。マニラは凄惨な市街戦の後に占領され、山中へ逃亡した僕たちは、飢餓と病気とのために、もはや人間の様相を呈していなかった。連日、ばたばたとたおれて死に、僕らの死も、もはや時間の問題といってよかった。

僕も、覚悟していた。こんなところで、こんなみじめな状勢で、野たれ死するのかと、口惜しさに泣いたが、それもはじめのうちで、土壇場になってくると、精神も神経も弛緩し、麻痺し、思考とか感覚とかいうものの一切から、遮断された。乞食となり、餓鬼となり、獣となり、うごめく虫となり、僕らはもはや、昼と夜とのすぎてゆく時間にさえ、無感覚になった。

このとき、僕の歯が腐りはてる原因が生じたのだ。むろん、僕だけではなかった。異様なものを必死にかむ亡霊のような敗残者たちは、口のあたりをいつも赤黒いなにかで、濡らしていた。この虫の一隊のなかに、佐々島参謀も、松岡津紀江もいたのである。彼らの哀れな姿を描写することはやめよう。君の想像にまかせる。

暗黒のジャングルと、ネオンきらめく白宮殿との対照は、あまりにその差がはげしい。歴史は、こういう断絶を平気でおこなうし、人間もまた、その役割を平気ではたす。昨日も、明日もない、とりとめのない肉塊の彷徨だけが、そこにあったのだ。

かつて、傲然と、権力と、うつくしい参謀肩章とに支えられていた佐々島中佐が、這いつくばって、いまぼろぼろの襤褸《らんる》となり、痩せ哀えた子供のとらえた蚯蚓《みみず》を奪う姿を僕らは笑えないのだ。僕ら自身が、なにをしたか、それもいうまい。想像にまかす。

こうして、僕らは、ただ、死神の迎えを待っていたのだが、はからずも、山中で思いがけぬ事件がおこった。ホセ・イカシアノがあらわれたのだ。

ある日の午後、炎熱に耐えられぬ僕らは、深い密林の日かげにいて、夜を待ったのだが、突然付近で銃声がきこえた。不安で落ちくぼんだ眼を見あわせていると藪をかきわけて、五、六人の武装したフィリピン兵があらわれた。僕らにくらべて、彼らは完全な人間の姿をしていた。僕はそのとき、妙に珍しくまぶしいものを見た思いだった。

先頭にいた一人の精悍な顔つきの男は、松葉杖をついている。その希臘《ギリシャ》人のような端正な顔は、日に焼けてはいるが、額は、眉のすぐ上から、緑の布で、鉢巻のように、隠されている。その下には、SPYの刻印があるのだ。僕は、すぐに、それが遊撃大隊長ホセ・イカシアノ大尉であることを知った。

彼は、右脇下に、松葉杖をあて、左手に拳銃を持っている。

「松岡津紀江はいないか」

ホセは、白宮殿にいるときから、日本語がしゃべれた。そうはっきりした日本語でいうと、そこらへばらばらに散らばっている逃走者の一群を見まわした。もはや人間の姿をしている者は一人もなく、ホセの視線が、何度も津紀江のうえを通ったが、彼は自分の恋人を見わけることができなかった。

「松岡津紀江、いないか。いたら、名のってくれ」

津紀江が名乗るまでの苦悶も、想像にかたくない。できたら、変わりはてた自分の姿を示したくなかったかも知れない。ところが、あきらめたように、ホセが、部下を促して、立ち去りかけると、

「イカシアノさん」

たまりかねて、声をかけた。その声はつぶれ、老婆のようにしわがれていたが、ホセの耳には、あやまりなくひびいた。

走りよってきたホセは、女を抱きおこし、

「津紀江さん、会いたかった、会いたかった」と、涙をぼろぼろ流した。それから、そのむざんな姿に暗然としていたが、「さあ、僕と行きましょう。栄養をとって、養生すれば、もとの津紀江さんになる。僕はマニラを追われて以来、一度もあなたのことを忘れたことはない。いつか、会える日を待っていた。あなたは、僕の妻です。会えてよかった。日本人がくるたびに、あなたを探していたんだ。さあ、行こう、もう大丈夫だ」

鋭いホセ・イカシアノの眼は、そう話しながらも、かたわらにいる佐々島中佐を見のがさなかった。鳶のような眼が、異様な一閃を放った。会心の笑みがうかんで来た。津紀江を立たせたホセは、彼女の手に、拳銃を握らせた。

「津紀江さん、そこに、僕たちの恋に毒をそそいだ悪魔がいる。復讐のよい機会だ。鬼の佐々島を射ちなさい」

憔悴し、よごれはてた幽霊のような、それでも、どこかに、かつての美しかった形をのこしている青ざめた津紀江の顔に、なんともいいようのない妖しいゆがんだ笑みがただよいでた。緊張した全部の瞳が、津紀江にそそがれている。

津紀江は、右手の拳銃を、しらべるように見た。

佐々島中佐は、仰天し、

「助けてくれ、俺を射つな、俺が悪かった」

と、地に這いつくばって、両手を合わせた。もはや恥も外聞もない醜態である。津紀江の視線が、僕にきた。僕らの視線は、空間で電閃のような火花を散らした。

突然、無表情のようになった津紀江は、おもむろに拳銃をあげて、佐々島を狙った。銃声と同時に、佐々島の身体が、のけぞって、斜面をころがり落ちた。

ところが、事態は、あっというまもなく最後の結末をつけていた。間髪を入れず、つづいて、鳴りわたった三発の銃声と共に、ホセ・イカシアノと、津紀江とが地にたおれていた。津紀江は、二発目をホセの胸に、三発目を僕に、四発目を自分の顳顬《こめかみ》に射ちこんだのだ。ホセには身体をもたせかけていたし、ホセ自身安心しきっていたので、狙いの狂いようはなかった。また、津紀江自身も、誤るわけはない。ただ、僕の弾丸ははずれた。僕はすこし離れていたし、津紀江が射撃に馴れなかったからだ。

火野君、白状しよう。津紀江がホセから拳銃をわたされて、放心状態にあったとき、僕と視線がかちあって、彼女の覚悟がきまった。きっとそうにちがいない。僕は確信する。

火野君、僕は津紀江の最初の恋人だったのだ。僕は卑怯者だ。卑屈で、唾棄すべき男だ。僕は、津紀江を愛していたのに、佐々島参謀が、彼女に執心と知ると、彼女から離れた。上官で、鬼といわれた参謀と、一通訳の僕が張りあっても負けるにきまっているし、それより、佐々島中佐から睨まれることをおそれたのだ。

津紀江は、僕をあわれみ、軽蔑したにちがいない。そして、新しく、ホセ・イカシアノというりっぱな恋人を得たのだ。しかし、すべてはくるべき運命のなかに持ちこまれて悲痛な結末を生じた。僕も、あのとき、津紀江の弾丸で射たれていた方がよかっただろうか？

編集部解説

本書の底本は、「火野葦平兵隊小説文庫2」『土と兵隊』、「同文庫4」『悲しき兵隊』（光人社）に、それぞれ収められた長編・短編である。発表初年月は、「兵隊の地図」が一九四二年八月、「木の葉虫」が一九四三年十一月、「鎖と骸骨」が一九五二年十月、「白宮殿」が一九五〇年一月である。

火野葦平は、一九三七年七月七日の盧溝橋事件を契機とする、日本軍の中国への侵攻——日本軍の予備役の動員開始——という事態のなかで、陸軍第十八師団歩兵第百十四連隊（小倉）に召集（下士官伍長）され、同年十一月、中国・杭州湾北砂への敵前上陸の戦闘に参加した。

以後、中国侵略戦争が急激に拡大していくなか、大陸各地に転戦するとともに、太平洋戦争が進展していく過程では、フィリピン戦線・ビルマ戦線など、アジア全域の戦争にほとんど従軍していく（一九三八年の芥川賞受賞以後は、「陸軍報道部」に所属する）。

この一九三七年十一月からの、火野の最初の戦争を記録したのが、『土と兵隊』（火野葦平戦争文学選第1巻所収）であり、同年十二月から翌年四月までの杭州駐屯警備を記録したのが、『花と兵隊』（同第2巻）だ。

火野は、この杭州に駐屯しているときに『糞尿譚』で芥川賞を受賞し、それがきっかけで陸軍報道部勤務を命じられた。そして、この最初の従軍記録である一九三八年五月からの徐州作戦が、『麦と兵隊』（同第1巻所収）として発表されている。

火野は、この「兵隊三部作」で一躍「兵隊作家」として有名になり、以後、軍報道部所属の作家としてアジア各地に転戦していくのだ。

こうして火野は、一九三八年七月から始まった武漢攻略戦と同時の広東作戦（「援蒋補給路」の遮断のための、香港の近くのバイアス湾に奇襲上陸——同年十月、広州占領）に参加したが、これを描いたのが、『海と兵隊』（同第5巻所収）だ。

その後、火野は一九三九年二月、中国最南端の海南島上陸作戦に参加し、『海南島記』を、また、一九四二年三月には、フィリピン作戦に参加し、『兵隊の地図』（本巻所収）などの多数の長編・短編を発表している。さらに、一九四四年四月からは、アジア・太平洋戦争史上、最悪の作戦と言われたインパール作戦に従軍し、『密林と兵隊』（原題「青春と泥濘」同第4巻）を発表した。

以上は、アジア・太平洋戦争の時期を描いた作品だが、戦後の「戦犯」指定解除後に、旺盛な執筆を再開した。火野自らの「戦争責任」などについて、全編でその苦悩を描いたのが、四〇〇字詰めの原稿用紙一千枚に及ぶ『革命前後（上下巻）』（同第6・第7巻）だ。

このように、火野葦平がアジア・太平洋各地の戦場を歩いて執筆した戦争の記録は、驚くほどの多数にのぼっているが、この全編の火野葦平の著書には、彼の戦争体験をもとにしたものが「兵隊目線」から淡々と綴られている。

中国大陸の、その敵前上陸作戦から始まる、果てしなく続く戦闘と行軍の日々、——しかも、この中国戦線の戦争は、それほど華々しい戦闘ではなく、中国の広い大地の泥沼と化した道なき道を、兵隊と軍馬が疲れ果て斃れながら、糧食の補給がほとんどないなかでの、もっぱら「現地徴発」を繰り返していく淡々とした戦争風景――。そこには、陸軍の一下士官として、兵隊と労苦をともにする著者の人間観がにじみ出ている。この人間観はまた、火野の著作のあちらこちらで中国民衆に対してもにじみ出る。

本巻に収めた「兵隊の地図」などのフィリピン戦線での従軍記にも、火野らしい兵隊目線の叙述が印象に残る。

米比連合軍約八万人が立て篭もったバタアン半島攻防戦――ここでは、日本兵たちのジャングル生活の日常風景が描かれるが、敵である米比軍の兵士たち、特にフィリピン軍兵士たちのユーモラスな戦場での生活が、生き生きと語られる。

太平洋戦争開戦後のフィリピン戦線は、日本軍の初期の勝ち戦のなかで、大量の米比軍の捕虜を生み出したが（バタアン死の行進）、この捕虜たちを通して語られる日本軍の占領の実態も、貴重である。「鎖と骸骨」では、その捕虜収容所の悲惨な実態だけでなく、日本軍の宣撫工作の実相も赤裸々に照らし出されている。

日本は、フィリピンに独立を与えると言いながら、実際は日本語・日本文化などを強制し、一貫して同化政策をとった。だが、この同化政策にもかかわらずフィリピン人たちは、日本の占領に対して激しい抵抗（ゲリラ戦）を行う――ここには「大東亜共栄圏」なるものの、完全な破綻が示されている。

そして、一九四四年十月、連合軍のレイテ上陸から始まる悲惨きわまりないフィリピンの戦場

――ここでは、およそ五十万人の日本軍将兵が戦死し（日本の民間人多数も）、フィリピン市民約百万人が戦禍に巻き込まれ、亡くなった（日本軍によるフィリピン民衆の大虐殺事件も存在）。

この戦場での実態は、大岡昇平などの『野火』『レイテ戦記』などでも描かれているが、まさにこの世のものとは思えない出来事だ。飢餓の極限にまで追い込まれた日本軍の将兵たち（日本の民間人も）は、「本土防衛」のための「長期持久戦」の名の下で、フィリピン各地のジャングルや山野、島々をさまよい、餓死していく。そして、兵隊同士が殺しあい、「人肉」まで奪いあうという、まさしく、この世の地獄にまで行き着いたのだ（本巻所収の「白宮殿」）。

この連合軍フィリピン上陸直後の一九四五年一月、火野葦平は、本来はその戦争の初期と同様に、従軍作家として同国に派遣される予定であった。しかし、火野が出発する直前になって、米軍はリンガエン湾に上陸し、制空・制海権とも完全に失っていた日本から、飛び立つことはできなかった。この出発が少し早かったならば、作家火野はフィリピンの戦場に斃れていたことであろう。それほどフィリピンは、アジア・太平洋戦争の、もっとも過酷な戦場の一つとなったのだ。


「兵隊三部作」から始まり、『革命前後』で完結する、火野葦平が残したこの壮大な、類いまれな戦争の長編記録は、日本だけでなく「アジア――世界の共同の戦争の記録」として、後世に語り継ぐべきものであろう。

二〇一五年、戦後七〇周年を迎えるにあたり、私たちは改めてこの「火野葦平戦争文学選」全7巻を世に送り出したいと思う。

「火野葦平戦争文学選」全7巻の刊行

社会批評社が戦後七〇周年に贈る、壮大な戦争文学！

●第1巻『土と兵隊 麦と兵隊』本体1500円 ＊日本図書館協会選定図書

●第2巻『花と兵隊』本体1500円

●第3巻『フィリピンと兵隊』本体1500円

●第4巻『密林と兵隊』本体1500円 ＊日本図書館協会選定図書

●第5巻『海と兵隊 悲しき兵隊』本体1500円 ＊日本図書館協会選定図書

●第6巻『革命前後（上巻）』本体1600円

●第7巻『革命前後（下巻）』本体1600円

著者略歴

火野葦平（ひの　あしへい）
1907 年 1 月、福岡県若松市生まれ。本名、玉井勝則。
早稲田大学文学部英文科中退。
1937 年 9 月、陸軍伍長として召集される。
1938 年『糞尿譚』で第 6 回芥川賞受賞。このため中支派遣軍報道部に転属となり、以後、アジア・太平洋各地の戦線に従軍。
1960 年 1 月 23 日、死去（自死）。

●フィリピンと兵隊（「火野葦平 戦争文学選」第 3 巻）

2015 年 2 月 10 日　第 1 刷発行

定　価　（本体 1500 円＋税）
著　者　火野葦平
発行人　小西　誠
装　幀　根津進司
発　行　株式会社　社会批評社
　　　　東京都中野区大和町 1-12-10 小西ビル
　　　　電話／ 03-3310-0681　FAX ／ 03-3310-6561
　　　　郵便振替／ 00160-0-161276

URL　http://www.maroon.dti.ne.jp/shakai/
Email　shakai@mail3.alpha-net.ne.jp
印 刷　シナノ書籍印刷株式会社